Thomas Gotthardt

EMMA LAURENT
UND DER SCHLEICHENDE
TOD

GRIMADAN

EMMA LAURENT
UND DER SCHLEICHENDE
TOD

Bibliografische Information der Deutschen
Nationalbibliothek:
Die Deutsche Nationalbibliothek verzeichnet diese
Publikation in der Deutschen Nationalbibliografie;
detaillierte bibliografische Daten sind im Internet über
http://dnb.dnb.de abrufbar.

Impressum:
© 2020 Thomas Gotthardt
Covergestaltung: VercoDesign, Unna
Lektorat: Beate Rau
Korrektorat: Beate Rau

www.thomas-gotthardt.de
thomas.gotthardt@gmx.net

Herstellung und Verlag: BoD – Books on Demand,
Norderstedt
ISBN: 978-3-7519-3605-7

Und da war es wieder, dieses kleine, unscheinbare Wort mit der großen Bedeutung, das diesen ganzen Schlamassel erst angerichtet hatte – Zeit.

Emma

PROLOG

Tim Muller spähte wieder zum Monitor. Er war nervös. Wie immer, wenn etwas durchkam. Auf seiner Stirn hatten sich kleine Schweißperlen gebildet, obwohl die Klimaanlage in dem Kontrollraum ganze Arbeit verrichtete. Vor zehn Minuten war er vom Warnsignal aufgeschreckt worden, das den Beginn einer Sprungsequenz ankündigte. Er hatte die Auswertung, an der er in einem Nebenraum arbeitete, sofort unterbrochen und war in den Überwachungsraum geeilt.

Seit zwei Jahren war Muller jetzt beim Bangalore-Timeshift-Project und er hatte keine Sekunde davon bereut. Er konnte sich noch genau an den Anruf erinnern, der ihn vor zweieinhalb Jahren in Cambridge erreicht hatte. Es war während der Mittagspause, als er in das Büro von Professor Sullivan gerufen worden war. Der hatte ihn neun Monate vorher erst ans Massachusetts Institute of Technology geholt. Seine Arbeiten auf dem Gebiet der Teleportation von Rinkon-Teilchen an der Berkeley-Universität hatten ihm die Aufmerksamkeit vom MIT eingebracht. Und so kam es dann zum Anruf aus Indien. Da auf dem Überwachungsbildschirm noch nicht viel zu sehen war, widmete er sich erneut den Zahlenkolonnen, die über den zweiten Bildschirm flitzten. Nicht, dass er bei dieser Geschwindigkeit all die Tausenden Zahlenkombinationen und Codes auch nur annähernd registrieren konnte. Im Gegenteil, er war nur auf der Jagd nach einer Anomalie, einer Abweichung, die sich während der Sequenz zeigen könnte. Aber auch diesmal schien alles glattzugehen. Nur war es eine sehr lange Sequenz, die da ablief. Da kam was Großes durch, dachte Tim. Ein heller Schein, den er aus den Augenwinkeln wahrgenommen hatte, ließ seinen Blick wieder zu dem kleineren Überwachungsmonitor wechseln. Der Schein wurde intensiver, bis Muller nur noch reines Licht sah, das alles andere verschwinden ließ.

Er blickte auf die rückwärts laufende Anzeige der Digitaluhr an seinem großen Bildschirm. Noch 10 Sekunden. 9, 8, 7, 6, 5, 4, 3, 2, 1, die Anzeige sprang auf 0 und blieb stehen. Die Helligkeit hatte ihren Höhepunkt erreicht und begann jetzt langsam wieder nachzulassen. Angestrengt versuchte Muller etwas zu erkennen und musste sich zurückhalten, um nicht sofort in die Halle nebenan zu laufen. Das war immer der aufregendste Moment, wenn sich etwas auf dem Bildschirm, aus dem gleißenden Licht herauszuschälen begann. Er hatte keine Ahnung, was ihn erwartete, wusste aber natürlich von seiner langen Tätigkeit bei Timeshift, dass wirklich alles durchkommen konnte. Mit den Jahren wurden die Gegenstände immer größer und komplexer im Aufbau, deshalb würde es ihn nicht wundern, wenn…

Muller schaute auf den Überwachungsmonitor. Instinktiv stieß er sich mit den Händen vom Schreibtisch ab, auf dem die Monitore standen. Fast geräuschlos rollte er auf seinem Bürostuhl zurück. Das Einzige, was er wahrnahm, war sein Herzschlag, der kurz vor dem Aussetzen war. Er stand auf und ging wieder Richtung Schreibtisch. Er konnte es nicht fassen, was er da sah. Mit der rechten Hand suchte er einen Knopf auf der Bedienkonsole neben sich, die in den Schreibtisch eingelassen war, und drückte den Startknopf für den Stimmrekorder. Mit zitternder Stimme sprach er ins Mikrofon, während er den Blick nicht vom Überwachungsmonitor abwenden konnte.

»15.10.2087.« Er machte eine kurze Pause, um sich wieder zu beruhigen. »22.23 Uhr. Vor zehn Minuten begann eine Sprungsequenz, die um 22.22 Uhr und 43 Sekunden erfolgreich beendet wurde…«

Seine Stimme brach ab und ein eiskalter Schauer lief über seinen Rücken. Help me! Help me! Es war eindeutig. Muller drückte einen weiteren Knopf, der die Gegensprechanlage zum benachbarten Raum anschaltete. Die Anlage war normalerweise aus. Eigentlich brauchte man sie auch nicht. Gegenstände redeten nicht und riefen auch nicht um Hilfe.

»Help me! Please!« Kaum hörbar wisperten die Worte aus den Lautsprechern und ließen Muller doch zusammenzucken, als hätte jemand in ein Megaphon neben ihm gebrüllt. Er starrte auf das Mädchen, das langsam und mit schwankendem Gang auf die Kamera zuging. Es weinte.

SMILEE GREEN WOODS

Der internationale Flughafen Kempegowda von Bangalore lag im Norden der drittgrößten Stadt Indiens. In den letzten Jahrzehnten hatte die Hauptstadt des Bundesstaates Karnataka ein rasantes Wachstum vollzogen und war zur IT-Metropole Asiens geworden. Alle großen internationalen Technik-Konzerne und Biotechnologie-Firmen hatten Niederlassungen und Forschungslabore in der Stadt gegründet, um vom indischen Boom etwas abzubekommen. Und sie alle zog es nach Electronics City, dem Silicon Valley Asiens. Auf fünfzig Quadratkilometern reihte sich ein Hightech-Betrieb an den anderen. Es gab aber auch einen großen Bereich mit zivilen und militärischen Einrichtungen für die Luft- und Raumfahrttechnik.

Geradezu euphorisch hatte Emmas Vater Dr. Lukas

Laurent seiner Familie die Vorzüge ihrer neuen Heimat aufgezählt, nachdem sie, nach noch nicht einmal einem Jahr, Südfrankreich und das Kernforschungszentrum Grimadan fluchtartig verlassen hatten und über Paris und Abu Dhabi nach Indien weitergereist waren. Obwohl schon der Umzug von München nach Südfrankreich für Emma und den Rest der Familie nicht einfach gewesen war, konnte das ihren Vater nicht davon abhalten, ohne mit der Wimper zu zucken, Indien zuzusagen. Zu verlockend war seiner Ansicht nach das Projekt, das er leiten sollte. Die Weiterentwicklung einer Zeitmaschine, die, anders als in Grimadan, nicht nur Reisen in die Vergangenheit, sondern auch in die Zukunft ermöglichen sollte. Emmas Einwurf, solch eine Maschine hätte sie und ihren Bruder beinahe das Leben gekostet, konterte er mit einem trockenen Ist doch alles gutgegangen. Typisch.

Ihr Taxi fuhr über den achtspurigen Electronics City Flyover, eine Autobahn, die vom Flughafen mitten durch Bangalore bis nach Electronics City führte, das im Süden der Stadt lag. Es war sieben Uhr morgens und die Stadt war schon zum Leben erwacht, sollte sie denn je geschlafen haben. Der Verkehr nahm im gleichen Verhältnis zu, wie sich der Abstand zur Innenstadt verringerte, und nach einer kurzen Phase von zäh fließendem Verkehr ging nichts mehr. Vor den zahlreichen Ausfahrten kam der Verkehr vollends zum Erliegen und der Taxifahrer machte eine resignierende Handbewegung. Dr. Laurent, der auf dem Beifahrersitz saß, schaute zurück in den Fond und sah seine Frau und seinen Sohn schlafen. Nur Emma war wach und schaute aus dem Fenster.

»Alles klar auf den billigen Plätzen?«, fragte er.

»Deine Sprüche waren auch schon besser, Papa«, antwortete Emma ohne den Blick vom Fenster abzuwenden.

Ihr Vater verzog das Gesicht. »Schlaf doch noch ein wenig. Ich glaube, das dauert hier noch ein bisschen.«

»Ne, hab ja im Flugzeug geschlafen. Und außerdem muss ich mir das hier einprägen. So wie ich dich kenne, werden wir nicht so lange in Indien bleiben, und da möchte ich so viele Eindrücke wie möglich mitnehmen. Und sei es nur diese tolle Aussicht auf Slums und Shopping Malls und Slums und Shopping Malls…«, entgegnete Emma mit sarkastischem Unterton.

»Ach Emma!«

»Ja, und vielleicht seh ich noch 'ne heilige Kuh. Die sollen hier ja auch auf den Straßen herumlaufen. Vielleicht verursacht eine gerade diesen bescheuerten Stau.« Emma schaute jetzt nach vorne, ihrem Vater direkt in die Augen.

»Emma, ich verspreche dir…«

»Du brauchst mir nichts zu versprechen«, unterbrach sie ihren Vater, »du kannst es eh nicht halten.«

»Dann lass es mich dir erklären.«

»Du brauchst mir auch nichts zu erklären. Ich hab genug Erklärungen in den letzten Wochen erhalten und sie haben mich kein bisschen schlauer gemacht. Also lass es am besten. Reine Zeitverschwendung. Es kommt, wie es eben kommt.«

»Du wirst sehen, diesmal wird es kein Kurzaufenthalt. Dieses Projekt, an dem ich arbeite, ist auf lange Sicht

13

angelegt und wir werden hier richtig sesshaft werden.«

»Mir würde es schon reichen, wenn ich mal meinen Schulabschluss machen könnte. Mehr Zeit brauch ich gar nicht. Dann bin ich eh weg. Meine Zukunft liegt in Deutschland und nicht in irgendeiner Großstadt in der indischen Pampa.« Ihre traurigen Augen trafen sich mit den entsetzten ihres Vaters.

»Davon hast du ja noch nie was erzählt, dass du das vorhast.«

»Warum sollte ich auch? Du hast noch nie auf mich oder Felix oder Mama Rücksicht genommen. Du hast dich immer nur um dich und deine bescheuerte Arbeit gekümmert. Und sag jetzt nicht, dass das nicht stimmt.«

»Immerhin leben wir von dieser Arbeit nicht schlecht, oder?«

»Falsche Antwort, Papa! Ganz falsche Antwort!« Emma schaute wieder zum Fenster hinaus. Neben dem Taxi war ein Schulbus zum Stehen gekommen. Emma konnte lachende und fröhliche Mädchen und Jungen erkennen, die ganz offensichtlich jede Menge Spaß auf ihrer Fahrt zur Schule hatten. Und eine Schuluniform ziehe ich auf keinen Fall an, dachte sie bei sich.

Eine Stunde später verließen sie den Flyover, den Emma in Stopover umgetauft hatte, was Felix aber nur ein *Häh?* entlockt hatte, und fuhren die Huskur Road Richtung Osten. Nach zwei Kilometern erreichten sie Electronics City Phase 6. Dieser Teil war erst letztes Jahr fertig geworden und somit die jüngste Ausbaustufe des riesigen Technologiezentrums. Gleichzeitig startete der

Bau von Phase 7.

»Hier werde ich arbeiten«, sagte Dr. Laurent und hob seine beiden Daumen in die Höhe. »Phase 6!«, ergänzte er noch, was bei Felix Stirnrunzeln hervorrief. Er sagte allerdings nichts, weil er immer noch wegen Emmas Kommentar zu seinem *Häh?* beleidigt war. Er spürte allerdings Emmas Blick und drehte sich zu ihr. Die schaute ihn direkt an und konnte sich ein breites Grinsen nicht verkneifen.

»Was ist denn jetzt schon wieder?«, keifte er sie an.

»Nix! Was soll denn sein?« fragte Emma unschuldig zurück.

»Hört auf zu streiten«, mischte sich ihre Mutter ein. »Lass Felix in Ruhe, okay, Emma!«

»Ich mach doch gar nichts!«, wehrte Emma sich.

»Ja, ja, genau.« Felix wollte gerade weitermachen, als er von einem unartikulierten Laut vom Beifahrersitz unterbrochen wurde.

»Unser Haus!« rief Dr. Laurent und zeigte nach vorne.

Einen Moment später stoppte das Taxi auch schon am Straßenrand und alle schauten rechts zum Fenster raus.

»Unser neues Zuhause! Smilee Green Woods 256! Was sagt ihr?«

»Weder Smiley, noch Green und die Woods kenn ich auch anders.« Emma schaute missmutig auf das zweistöckige Gebäude. »Haben hier alle Häuser Nummern aus Quadratzahlen?«, schob sie hinterher.

Jetzt erntete sie allerdings nicht nur von Felix ratlose Blicke, sondern auch von ihren Eltern.

»Na dann wollen wir mal«, ergriff Dr. Laurent die

15

Initiative und stieg aus, nachdem er dem Fahrer ein paar Rupienscheine in die Hand gedrückt hatte.

Sie holten das Gepäck aus dem Kofferraum und schauten dann dem Taxi hinterher, das gewendet hatte und den gleichen Weg zurückfuhr.

»Was ist jetzt? Sollen wir hier Wurzeln schlagen oder warten, bis wir von den Nachbarn angesprochen werden?«, fragte Emma.

»Gegenfrage. Welche Nachbarn?« Ihre Mutter schaute sich um. Es gab noch zwei weitere Häuser in der Straße. Auf dem Nachbargrundstück stand ein identisches Haus wie ihres und auf der anderen Straßenseite, etwas nach hinten versetzt stand ein Gebäude, das sich aber noch im Rohbau befand. Vor ihrem Grundstück parkte ein Auto.

»Also ich weiß nicht, Lukas. So richtig vertrauenserweckend sieht die Gegend aber nicht aus.«

»Das ist die Top-Adresse im Süden von Bangalore, Eva. Smilee Green Woods. Eine richtig teure Gegend.«

»So teuer, dass hier niemand wohnt«, stellte Emma fest.

»Ach was! Phase 6 ist eben gerade erst fertig geworden. Ihr werdet sehen. Hier ist ruckzuck alles vollgebaut.« Er schnappte sich seinen Koffer und ging den Eingangsweg zum Haus entlang und hatte gerade die halbe Strecke zurückgelegt, als die Haustür aufging und ein Inder herauskam und freudig winkte.

»Hallo Mr. Laurent! Hallo Family Laurent! Welcome to India! Wie war Ihre Reise?« Er verbeugte sich vor der Familie, die jetzt komplett vor ihm stand. »Mein Name ist Chandan Kapur und ich bin Ihr Übersetzer.«

»Hallo Mr. Kapur«, sagte Dr. Laurent.

Von hinten kam jeweils nur ein »Hallo« von Emma und Felix, die beide misstrauisch den Inder beobachteten, der jetzt vom inneren Türknauf vier Blumenkränze abnahm und einen nach dem anderen über die Köpfe der überraschten Familie streifte. Dann holte er ein kleines Gefäß aus seiner Hosentasche, schraubte es auf und steckte seinen Zeigefinger hinein. Um den Willkommensgruß zu vervollständigen, erhielt jeder noch einen orangefarbenen Punkt auf die Stirn.

»Namaste!«, sagte der Inder und verbeugte sich.

»Namaste«, erwiderten Eva und Lukas Laurent fast gleichzeitig und verbeugten sich ebenfalls. Emma und Felix taten es ihnen gleich und grinsten.

»Kommen Sie herein in Ihr neues Zuhause.« Kapur machte eine einladende Geste und ging voraus. »Gleichzeitig bin ich auch einer Ihrer Kollegen, Dr. Laurent. Wir werden also zusammenarbeiten.« Er ging durch die noch offene Haustür, die von zwei Säulen eingerahmt war. »Gefällt Ihnen Ihr neues Haus?«

»Ganz toll, wirklich«, sagte Dr. Laurent, dem nichts Besseres einfiel.

»Abwarten«, flüsterte Emma Felix zu, der nickte.

Kapur schloss die Tür, als alle eingetreten waren. »Kommen Sie! Ich zeig Ihnen das Haus. Hier ist gleich die Küche.« Er ging in den ersten Raum rechts neben dem Eingangsbereich, der von einer riesigen Marmortreppe beherrscht wurde, die in einem sanften Bogen ins obere Stockwerk führte.

»Schauen Sie. Alles neu. Eine tolle moderne Küche.«
Stolz präsentierte Kapur die Einbauküche. Dann ging er
auch gleich weiter und verließ die Küche durch eine
weitere Tür. »Und hier der Dining Room. Der, wie sagt
man, das Esszimmer. Deutsch ist so schwer.«

»Sie sprechen hervorragend Deutsch, Mr. Kapur«, lobte
Eva Laurent.

»Oh danke. Kommen Sie, es geht weiter.« Sie folgten
ihm aus dem Esszimmer wieder in den Eingangsbereich.
Kapur ging an der Treppe vorbei, umkurvte die
abgestellten Koffer, direkt auf dem Weg ins nächste
Zimmer, als im oberen Stockwerk ein Geheul losging. Alle
schauten sich überrascht an, als auch schon Felix am
oberen Ende der Treppe ankam und in einem Höllen-
tempo die Treppe hinunterlief.

»Mama, Papa, Emma! Das müsst ihr euch ansehen! Das
gibt es nicht. Kommt schnell!« Und schon flitzte Felix die
Treppe wieder hinauf.

»Mann, Felix! Hast du sie nicht mehr alle? Du kannst
doch nicht einfach abhauen!« Emma brachte nur wenig
Verständnis für solche Felix-Aktionen auf.

»Na, das scheint ja sehr wichtig zu sein«, meinte ihr
Vater und stieg mit einem Grinsen die Treppe hinauf.

»Dann machen wir oben weiter. Auch gut«, sagte Kapur
und ging hinterher.

»Oh Mann!« Auch Emma setzte sich in Bewegung,
gefolgt von ihrer Mutter. Oben angelangt folgten sie den
Rufen von Felix, der sich wohl im Raum links hinten
befand.

»Er ist im Badezimmer«, sagte ein lächelnder Kapur und Emma bekam ein ganz komisches Gefühl. Das Gefühl verstärkte sich noch, als sie in dem Raum stand, in dem nur ein einzelnes Waschbecken an einer Wand hing, ein Plastikstuhl, ein Plastikeimer und eine Karaffe in der Ecke standen und der ansonsten leer war.

Felix stand in der Mitte des Raumes und zeigte auf ein Loch im Boden. »Schaut mal hier.« Er wartete, bis auch jeder auf das Loch schaute. »Da hat jemand das Klo geklaut.«

Für einen kurzen Moment hätte man eine Stecknadel fallen hören können, bis sich Familie Laurent aus ihrer Schockstarre löste und zum Loch im Boden pilgerte.

»Das glaube ich nicht, Felix«, sagte Dr. Laurent, »das ist bestimmt irgendein Abfluss.«

»Ist es nicht«, warf Chandan Kapur ein. »Und das da oben ist die Dusche.« Sein Blick richtete sich zur Decke.

Emma konnte es nicht fassen. Sie sah in dieses schwarze Loch im Boden und dann auf ein kleines metallisches Rohr, das, etwas versetzt zu dem Loch, aus der Decke ragte.

»Aber, Mr. Kapur, das…?«, stammelte ihre Mutter.

»Bitte nennen Sie mich Chandan«, unterbrach er sie.

»Chandan«, Dr. Laurent hatte seine Denkermiene aufgesetzt. »Chandan, bitte klären Sie doch dieses kleine Missverständnis auf.« Besorgt sah er zu Emma, die kurz vor dem Explodieren zu sein schien.

»Kein Missverständnis, Dr. Laurent. Leider ist das Bad nicht rechtzeitig fertig geworden. Bis vor zwei Wochen lebte hier eine indische Familie und da sind diese Bäder Standard. Es hat leider nicht mehr gereicht, ein Bad nach westlichem Standard einzubauen. Aber in drei Wochen soll es so weit sein.«

»Na super!«, sagte Emma, »ich kann mich vor lauter Begeisterung kaum halten. Da fliegt man um die halbe Welt, ist fast vierundzwanzig Stunden auf den Beinen, will eigentlich nur eine Dusche und dann ins Bett und was ist?«, sie sah ihre Eltern herausfordernd an, »man steht vor einem Loch im Boden. Ich weiß…«

Ihr Vater durchbohrte Emma mit seinem Blick und sie verstummte. »Chandan, das ist kein Problem. Wir werden die Wochen zu überbrücken wissen. Vielen Dank für die freundliche Begrüßung und die Führung durch das Haus.« Er verließ das Badezimmer und Chandan Kapur und seine Frau folgten ihm.

»Hier haben Sie noch die vier Chipkarten für die Haustür«, hörte Emma Chandan noch sagen, als sie sich dabei ertappte, immer noch in das Loch zu starren.

»Kuck mal, ich glaube, das geht dann so«, Felix stellte sich genau über das Loch und ging in Hockstellung. Sein Grinsen ging von einem Ohr zum anderen und die Blumenkette berührte fast den Boden.

»Ich würde vorher die Kette abnehmen und die Hose runterlassen«, entgegnete Emma und rauschte aus dem Badezimmer.

KABADDI, KABADDI

Emma stand vor dem großen Spiegel in ihrem Zimmer und betrachtete sich von oben bis unten. Sie hatte schwarze Schuhe, weiße Kniestrümpfe, einen schwarzen Rock und eine weiße Bluse an. Sie fühlte sich wie zehn. Was für ein Albtraum. Im Spiegel sah sie, wie die Tür aufgestoßen wurde und Felix hereinstürmte - natürlich ohne anzuklopfen.

Er machte eine Vollbremsung und starrte sie an. Dann gab es für ihn kein Halten mehr. Laut prustend tanzte er hinter ihr herum und quietschte vor Vergnügen.

»Bist du jetzt vollkommen irre?«

»Emma, du schaust so... so...«

»Sag nichts, wenn du die nächsten fünf Sekunden überleben willst, klar?« Emma durchbohrte ihn mit ihrem Blick. »Du solltest dich lieber mal selber ansehen.«

»Warum? Mir gefällt's! Voll cool!«, war die verblüffende Antwort von Felix. Er hatte ebenfalls schwarze Schuhe an, dazu eine schwarze Hose und ein weißes Hemd. Abgerundet wurde das Schuloutfit durch eine schwarze Krawatte.

»Na, dann ist ja alles perfekt bei dir. Ich könnt kotzen.«

»Dein Pech«, sagte er nur und verschwand wieder so schnell, wie er gekommen war.

Emma ging ins Badezimmer, das glücklicherweise seit vorgestern, zwei Wochen früher als geplant, endlich komplett war. Sie hätte sich nie vorstellen können, sich über etwas so Banales freuen zu können, wie über eine normale Toilettenschüssel. Das Duschen war da das reinste Vergnügen gewesen. Wenn man auch dreimal so lange gebraucht hatte als sonst. Sie schminkte sich und ging aufs Klo. Wenn sie eines in den ersten Tagen in Indien schon gelernt hatte, dann war es das, immer rechtzeitig aufs Klo zu gehen, solange man die Gelegenheit dazu noch hatte. Alles andere konnte in einer bitteren Erfahrung enden. Sie band sich ihre langen blonden Haare zu einem Zopf und ging nach unten. Der Rest der Familie saß schon am Frühstückstisch.

»Morgen!« sagte Emma. »Ich lass mal das Guten weg.«

Ihre Mutter drehte sich zu ihr um und betrachtete sie. »Hübsch schaust du aus. Steht dir.«

Emma antwortete nichts und fixierte nur Felix, der in einen Apfel biss und sie ebenfalls anschaute. Sie kannte diesen Blick nur zu gut. Sie zeigte auf ihn und sagte: »Du bist ganz still, klar! Sonst setz ich dich nachher in irgendeinem Slum aus!«

»Einen schönen Menschen entstellt nichts«, sagte ihr Vater und betrachtete sie ebenfalls von Kopf bis Fuß.

»Das hier ist aber nah dran.« Sie setzte sich und begann zu frühstücken.

Fünfzehn Minuten später fuhren sie mit dem Firmenwagen ihres Vaters Richtung Bangalore. Die Privatschule befand sich in Doddanagamangala Village im nördlichen Teil von Electronics City Phase 1. Die offizielle Unterrichtssprache war Englisch, wie Emma und Felix erleichtert zur Kenntnis genommen hatten. Was aber noch schwierig genug war, aber nicht viel anders als in Aix-en-Provence auf der Internationalen Schule, die sie in Südfrankreich ein Jahr lang besucht hatten. Emma gab sich keinen Illusionen hin, dass sie oder Felix irgendwelche Freunde fürs Leben auf der Schule finden würden, und doch war sie ziemlich aufgeregt vor dem heutigen ersten Schultag.

Nach genau zwölf Minuten Fahrt hielt ihr Vater vor der Chopal Khoti School mit dem angeschlossenen College, das Emma besuchen würde. Alle drei stiegen aus.

»Was ist denn das für ein Lärm?«, fragte ihr Vater.

»Da hat ja einer sein Radio ganz leise eingestellt«, grinste Emma.

Sie gelangten über eine flache Treppe an den äußeren Rand eines riesigen Innenhofs, der von vier einzelnen mehrstöckigen Gebäuden flankiert war, aus dem ihnen ein ohrenbetäubender Lärm entgegenschlug.

»Was geht denn hier ab?« Emma konnte nicht fassen,

was vor ihren Augen geschah.

»Das hätten die wegen uns aber nicht extra machen müssen«, sagte Felix.

Der komplette Innenhof war voller Schüler und auch auf den zum Innenhof liegenden offenen Gängen der oberen Stockwerke standen sie dicht gedrängt. Am hinteren Ende des Innenhofes befand sich eine Bühne, auf der zwei Schüler standen und die Vorturner gaben. Aus Lautsprechern dröhnte indische Tanzmusik und alle bewegten sich im Rhythmus der Beats.

»Hast du es auch gesehen«, fragte Emma Felix und musste sich ganz nah zu ihm hinbeugen, um durch den Lärm zu dringen.

»Was soll ich gesehen haben?«

»Die Jungs stehen links und die Mädchen rechts.«

»Shit!«, war alles, was Felix darauf antworten konnte.

Dann wurde die Musik auf einmal leiser, ehe sie ganz verstummte. In die Masse kam Bewegung und alle stellten sich in Reih und Glied auf. Ein neues Lied begann und die zwei Kinder auf der Bühne begannen zu singen.

»Das ist wahrscheinlich die indische Nationalhymne«, flüsterte Dr. Laurent seinen Kindern zu. »Ich glaube, das machen die hier jeden Morgen so.«

Emma und Felix schauten ihn mit großen Augen an und wendeten sich dann wieder dem Spektakel zu. Als die Hymne endete, löste sich die riesige Versammlung auf und alle Schüler verschwanden im Inneren der vier Gebäude.

Als ein Schüler an ihnen vorbeiging, fragte ihn Dr. Laurent nach dem Schulsekretariat und zehn Minuten später waren die Formalitäten erledigt. Er verabschiedete sich von seinen Kindern und Emma und Felix schauten ihm nach, wie er die Treppe ins Erdgeschoss hinabstieg und sie allein ließ.

»Und jetzt?«, fragte Felix.

»Keine Ahnung!«, antwortete Emma. »Wir bleiben jetzt einfach mal hier stehen und warten, was passiert.« Emma fühlte sich total verloren, obwohl Felix neben ihr stand.

»Es kommt gleich jemand«, sagte dann die Schulsekretärin hinter ihnen auf Englisch.

»Okay. Danke!« Emma schaute sich im Sekretariat um. Könnte auch in München sein, dachte sie bei sich, nur mit höherer Luftfeuchtigkeit. Das Büro war spartanisch eingerichtet und wurde von einem riesigen Bildschirm, der an der Wand angebracht war, eingenommen. Emma vermutete, dass darauf die aktuelle Raumbelegung zu sehen war. Die Grundrisse der einzelnen Gebäude und Stockwerke waren abgebildet und die Zimmer jeweils mit einem Namen und einer Buchstaben-Zahlen-Kombination gekennzeichnet. Emma wollte gerade anfangen, die Klassen zu zählen, als ein Mädchen und ein Junge durch die offene Tür hereinkamen.

Die Sekretärin stand auf und kam hinter ihrem Schreibtisch hervor. »Das sind Emma und Felix Laurent«, stellte sie die beiden vor. »Nehmt sie bitte mit in eure Klassen und kümmert euch gut um sie. Sie sind noch nicht lange in Indien und brauchen vielleicht eure Hilfe.«

Emma hatte fast alles von dem verstanden, was die Sekretärin gesagt hatte, nur Felix schaute, als hätte er ein imaginäres Fragezeichen über seinem Kopf. Das konnte ja heiter werden, dachte Emma und beugte sich zu ihm. »Sie nehmen uns jetzt mit in ihre Klassen.«

»Ne! Echt! Wie kommst du denn da drauf? Ich hätte gedacht, sie bringen uns wieder nach Hause.« Felix verzog das Gesicht. »Ich bin nicht dumm.«

»Hab ich auch nicht behauptet.« Verärgert blitzte Emma ihren Bruder an. »So. Let's go!«, sagte sie zu dem Mädchen.

»Yes! Come with me.« Die Inderin war ungefähr im gleichen Alter wie Emma, nahm ihre Hand und zog sie hinter sich her. Emma schaute verdutzt und hob noch ihre andere Hand, um Felix zu winken. Dann waren sie auch schon aus dem Sekretariat verschwunden.

»What's your name?«, fragte Felix den indischen Schüler, der ihn etwas unschlüssig anschaute.

»Prakash!«, antwortete der Junge.

»I am Felix.«

Prakash ging aus dem Zimmer und Felix trottete hinterher.

Emma saß in der zweiten Reihe neben dem Mädchen, das sie abgeholt hatte. Eigentlich hatte sie gedacht, dass sie in eine reine Mädchenklasse kommen würde, aber zu ihrer Verwunderung saßen sogar mehr Jungs im Klassenzimmer als Mädchen. Als sie in den laufenden Unterricht geplatzt waren, ging sofort ein Raunen durch die Bänke, das sich erst legte, als sie von der Lehrerin begrüßt worden war und diese mit einer eindeutigen Geste für Ruhe gesorgt hatte. Trotzdem spürte Emma, wie alle Blicke auf sie gerichtet waren und niemand den erdkundlichen Ausführungen der Lehrerin folgte. War klar, dachte sich Emma, sie war wahrscheinlich die einzige Blondine im Umkreis von tausend Kilometern – da wurde man einfach angeglotzt. Sie versuchte, die Blicke zu ignorieren und konzentrierte sich auf den Unterricht. Wenn sie schon hier saß, wollte sie die Zeit auch nützen.

Nach einer kurzen Pause kam ein neuer Lehrer, der das unglaublichste Fach unterrichtete, von dem Emma je gehört hatte – Glück! Seit fast zwanzig Jahren gab es in Indien das Unterrichtsfach Glück. Wurde es früher nur bis zur achten Klasse unterrichtet, hatte man es vor ein paar Jahren auch auf die Oberstufe ausgeweitet. Und auch wenn Emma nicht alles verstand, was der Lehrer in seinem englisch-indischen Singsang von sich gab, spürte sie die positive Energie, die von ihm ausging. Es drehte sich vor allem darum, wie man zufriedener und damit glücklicher durchs Leben ging und er forderte einige der Schüler auf, zu erzählen, was sie heute glücklich und zufrieden gemacht hatte. Zum Glück, dachte Emma sich, hat er mich nicht aufgerufen, denn ich bin gerade weder glücklich noch zufrieden. Das hätte sonst ein Glücks-Desaster gegeben.

In der Mittagspause ging Isha, die Beschützerin, was der Name bedeutete, und gleichzeitig ihre Nebensitzerin, mit Emma in die Mensa der Schule. Gleich hinter dem Eingang war eine Horde von Schülern, die den Durchgang zur Essensausgabe blockierte. Und wer stand mittendrin, umringt von gut einem Dutzend indischer Jungs – Felix!

Emma traute ihren Augen kaum. Ihr kleiner Bruder Felix, der sonst kaum den Mund aufbekam, wenn er Fremden gegenüberstand, spielte den großen Zampano und unterhielt die halbe Mensa. Sie sah, wie er mit seinen Händen wedelnd die Jungs aufforderte, einen Kreis um ihn zu bilden. Dann, als er ein paar Quadratmeter Platz hatte, holte er tief Luft, breitete seine Arme aus und ging leicht in die Knie. Plötzlich fing er an, etwas, für Emma völlig Unverständliches, zu rufen, und stürzte sich blitzschnell auf einen der umstehenden Jungs und haute ihm mit voller Wucht auf die Hand. Sofort zog sich Felix nach diesem Schlag wieder zurück, nur, um im gleichen Moment auf einen anderen Jungen loszugehen, immer noch die indischen Worte rufend. Allerdings schaffte er es diesmal nicht, den Jungen zu schlagen, sondern wurde von drei der danebenstehenden Jungs niedergerungen, bis sich alle unter lautem Jubelgeschrei gegenseitig wieder aufhalfen. Aus der Jubeltraube heraus erblickte Felix seine Schwester und winkte ihr begeistert zu.

»Dir scheint es ja hier richtig zu gefallen«, rief Emma ihrem Bruder zu und schüttelte den Kopf.

»Voll cool!« Felix machte ein Victory-Zeichen und wurde von seinen Klassenkameraden zur Essensausgabe gezogen.

»What did they play?«, fragte Emma Isha.

»Kabaddi«, antwortete Isha und ging auch zur Theke.

»Kabaddi! Klar – was auch sonst! Das erklärt ja alles. Hätte ich gleich draufkommen können«, murmelte Emma und lief ihr hinterher.

Nach dem, zu Emmas Überraschung, sehr leckeren vegetarischen Mittagessen, saß sie alleine auf einer Bank im Innenhof der Schule. Isha hatte sich kurz mal verabschiedet und sich mit ein paar Freundinnen in eine andere Ecke verzogen. Und obwohl der Schulhof vor Schülern nur so überquoll, fühlte Emma sich etwas verlassen. Sie beobachtete die anderen, wie sie zusammenstanden und lachten und spürte auch wieder die Blicke, die auf ihr lagen. Ab und zu sah Emma auch Schüler und Schülerinnen in der Menge, die keine Inder waren, aber irgendwie traute sie sich nicht sie anzusprechen.

Endlich klingelte es und die Pause war vorbei. Emma wartete, dass Isha sie wieder von der Bank abholte, aber die machte keine Anstalten, zu ihr rüberzukommen, stattdessen winkte sie nur kurz zu Emma und verschwand dann mit ihren Freundinnen im Gebäude.

»Na super!« Emma stapfte wütend hinterher. Tolle Beschützerin, dachte sie sich. Machte ihrem Namen nicht gerade alle Ehre. Sie stieg die Treppe hoch in den ersten Stock, als hinter ihr lautes Gebrüll das Treppenhaus erfüllte. Emma war gerade oben angekommen, als sieben Jungs an ihr vorbeistürmten und die Treppe zum zweiten Stock in Angriff nahmen.

»Hallo Emma!« Felix war einer davon und flitzte an Emma vorbei und war auch schon wieder verschwunden.

Na ja, wenigstens der hatte seinen Spaß, dachte Emma und betrat das Klassenzimmer. Sie setzte sich wieder neben Isha, als auch schon die Lehrerin hereinkam. Emma blickte ihre Nebensitzerin fragend an, da sie nicht wusste, welches Fach sie jetzt hatten.

»Religion«, war die knappe Antwort auf Emmas unausgesprochene Frage.

»Na dann«, Emma stellte sich schon mal darauf ein, ihre ganze Willenskraft dafür aufzubringen, ihre Augen offen zu halten und nicht einzuschlafen. Die Lehrerin ging an das Smartboard und zeichnete ein Symbol, bei dem Emma die Kinnlade herunterfiel, als sie erkannte, was die Lehrerin da hinmalte. Vielleicht wurde der Unterricht doch nicht so langweilig, wie Emma vermutet hatte.

Emma bekam kaum einen Bissen herunter. Sie saß am Tisch im Esszimmer und kaute auf einem Stück Fladenbrot herum. Felix war in seinem Zimmer und hörte Musik. Sie gab ihm noch maximal eine Minute, bis ihre Mutter einen Schrei loslassen würde und er die Lautstärke auf ein Normalmaß herunterregeln musste. Ihr war's egal.

»Kannst du deinem Bruder bitte sagen, dass er die Musik leiser machen soll«, rief Emmas Mutter aus der Küche durch den Lärm.

»Warum denn? Der braucht das jetzt!«

»Ich aber nicht«, kam die Antwort ihrer Mutter.

Emma erhob sich und ging in den Eingangsbereich. Gleichwohl sie wusste, dass sie schon hoch ins Zimmer von Felix gehen musste, um sich Gehör zu verschaffen, versuchte sie es erst mal ohne Treppensteigen. »Felix! Stell die Musik leiser. Man versteht ja sein eigenes Geschrei nicht«, rief Emma nach oben. Es kam natürlich keine Antwort. Wie auch? Stattdessen ging hinter ihr die Haustür und ihr Vater kam herein.

»Hi!«, sagte Emma nur zur Begrüßung und ging wieder ins Esszimmer zurück.

»Hi!«, sagte auch ihr Vater und folgte seiner Tochter, nachdem er seine Umhängetasche an einen Kleiderhaken gehängt hatte. »Mach die Musik leiser«, schrie er noch hoch zu Felix, schloss dann die Tür hinter sich und setzte sich zu Emma an den Tisch.

»Na, wie war der erste Schultag?«, fragte er.

Emma winkte ab.

Plötzlich ging die Tür auf und Felix stürmte ins Zimmer. Er baute sich vor seinen Eltern und Emma auf und holte tief Luft. »Geht das schon wieder los«, sagte Emma, als es auch schon losging.

»Kabaddi, Kabaddi, Kabaddi«, stieß Felix ohne Unterlass hervor und startete dabei ständig Scheinangriffe auf seine Eltern und seine Schwester.

»Wag es nicht!«, fauchte Emma und zog ihre Hände aus der Reichweite von Felix.

»Kabaddi, Kabad…« Felix rang keuchend nach Luft und schmiss sich auf das Sofa. Seine Eltern schauten ihn fragend an.

»Was war denn das?«, fragte ihn seine Mutter.

»Kabaddi«, antwortete Emma für ihren noch immer um Atem ringenden Bruder.

»Aha! Kabaddi. Und weiter?« Eva Laurent blickte erwartungsvoll auf ihren Sohn.

»Soll das ein Sport sein?«, fragte sein Vater.

Zur Antwort hob Felix den Daumen und atmete noch

einmal schwer ein und aus. »Ja, Kabaddi. Das ist voll cool. Ist ein Nationalsport in Indien.«

»Okay. Hab ich noch nie von gehört«, sagte sein Vater.

»Echt? Den kennst du nicht?«, lachend boxte Eva Laurent ihrem Mann auf den Oberarm. »Kennt doch jeder!«

»Und wie funktioniert der?«, fragte jetzt Emma, doch ein bisschen neugierig geworden.

»Also…«, Felix machte eine ausladende Armbewegung, »zwei Teams mit jeweils sieben Spielern stehen sich auf einem kleinen Spielfeld gegenüber. Dann darf jede Mannschaft abwechselnd einen Raider auf die gegnerische Seite schicken, der die anderen Spieler abschlagen muss.«

»Und du warst so ein Raider, oder?«, fragte Emma dazwischen.

»Ja, und zwar ein toller. Ich habe beim ersten Mal gleich zwei Gegner abgeschlagen, die dann vom Feld mussten. Allerdings bin ich dann geschnappt worden und musste auch raus.«

»Und was soll das mit dem bescheuerten Luftholen und Kabaddi rufen?«, fragte Emma.

»Das ist doch nicht bescheuert, Emma«, ermahnte ihr Vater sie. »Das gehört bestimmt dazu.«

»Klar. Man darf nämlich nur so lange in der anderen Hälfte sein, wie man Luft anhalten kann und gleichzeitig muss man Kabaddi rufen, damit der Schiri weiß, dass man keine Luft holt.«

»Schlau!«, sagte Eva Laurent. »Und wer gewinnt?«

»Die Mannschaft, die nach zweimal zwanzig Minuten mehr Punkte hat. Aber so ganz habe ich die restlichen

Regeln auch noch nicht kapiert.« Er zuckte mit den Schultern.

»Das kommt bestimmt noch«, Lukas Laurent tätschelte seinem Sohn den Kopf.

»Und was hast du Tolles in der Schule erlebt, Emma?«, fragte ihre Mutter.

Emma überlegte kurz, ob sie etwas von Isha erzählen sollte, ließ es dann aber bleiben, weil es einfach nichts über das indische Mädchen zu erzählen gab. »Also, ich hatte heute unter anderem Religion und Glück«, sagte sie.

»Bei was hast du Glück gehabt?«, fragte ihr Vater.

»Bei gar nichts, Papa. Wir hatten nur das Schulfach Glück.«

»Echt jetzt?«, fragte Felix.

»Das ist doch kein Schulfach«, meinte ihre Mutter.

»Doch, ist es«, erwiderte Emma. »Ich habe so einiges darüber gehört, wie man glücklich wird und auch bleibt.«

»Und? Wie wird man glücklich?«, fragte ihr Vater.

»Na, indem man sich ins nächste Flugzeug setzt und zurück nach Deutschland fliegt«, entgegnete Emma und schaute ernst.

»Fängt das schon wieder an.« Emmas Vater war sichtlich genervt von der immer gleichen Diskussion.

»Das hört nie auf«, antwortete Emma.

»Und wie war Religion?«, fragte ihre Mutter, die das Gespräch wieder in eine andere Richtung lenken wollte.

»Strange!« Emma hob die Augenbrauen. »Die Lehrerin kam rein, und das Erste, was sie tat, war, ein Hakenkreuz an die Tafel zu malen. Bloß, dass man das hier in Indien nicht Hakenkreuz nennt, sondern Swastika.«

»Und was soll das? Das sind doch keine Nazis.« Emmas Mutter schaute irritiert in die Runde. Felix beschäftigte sich aber gerade mit seiner Messenger-Uhr und ihr Mann hatte seinen sehr nachdenklichen, etwas entrückten Blick aufgesetzt.

»Nein, ganz und gar nicht«, sagte Emma. Sie wollte gerade zu einer Erklärung ansetzen, als sich ihr Vater doch ins Gespräch einbrachte.

»Das ist ein altes Glückssymbol, das es anscheinend schon über 5000 Jahre gibt«, fing er an zu dozieren. »Mit den Nazis hatte das ursprünglich gar nichts zu tun – Gott sei Dank. Das Symbol wurde von vielen Kulturen verwendet, und auch die Nazis haben es leider für sich beansprucht. Kommt auch in den nordischen Sagen vor.«

»Na dann wäre das ja jetzt auch geklärt«, fügte Emma noch trocken an.

Emmas Mutter spürte noch immer die Spannung zwischen ihrer Tochter und ihrem Mann und wechselte noch einmal das Thema. »Und wie war dein erster Arbeitstag?«, fragte sie ihren Mann.

Wie vorhin Emma winkte auch er ab.

»Was ist los, Lukas?«, fragte sie, da ihr die ungewöhnliche Handbewegung ihres Mannes aufgefallen war.

»Frag am besten nicht!« Kopfschüttelnd schaute er sie an. »Ich habe ja eigentlich gedacht, dass die mich hierhergeholt haben, um eine Zeitmaschine von Grund auf neu zu entwickeln, dabei funktioniert das Ding schon.«

»Wieso das denn?«, fragte Emma. »Heißt das, dass wir

wieder nach Europa, vielleicht auch gleich nach Deutschland können? Bitte, Papa!« Ihr Herzschlag beschleunigte angesichts dieser bis vor dreißig Sekunden noch vollkommen unwahrscheinlichen Konstellation.

»Langsam, langsam! Wir sind doch erst angekommen...«

»Genau!«, unterbrach Emma ihren Vater. »Und deshalb können wir eigentlich gleich wieder abhauen. Die merken gar nicht, dass wir da waren und vermissen uns wahrscheinlich auch nicht.«

»Das sagst du.«

»Ja, das sag ich.« Emma schaute ihren Vater an und setzte ihren *Ich-wickele-Papa-um-den-kleinen-Finger-Blick* auf. »Komm schon, bitte!«

»So einfach ist das nicht. Ich war natürlich auch erst mal konsterniert, als ich das erfahren hatte, aber so ganz auf mich verzichten wollen die dann doch nicht.«

»Und was sollst du machen?«, fragte Emmas Mutter.

»Die Zeitmaschine ist wohl das gleiche Modell, wie das in Grimadan. Wurde aber schon etwas modifiziert. Die waren ganz stolz darauf, was sie mit dem Ding alles durch die Zeit jagen können. Übrigens auch in die Zukunft!« Dr. Laurent schüttelte den Kopf. »Unglaublich!«

»Und noch mal, Lukas! Wenn alles schon so toll funktioniert, dann brauchen sie dich doch gar nicht mehr, oder?« Sie schaute zu ihrer Tochter, die ganz heftig mit dem Kopf nickte.

»Deutschland! Deutschland! Deutschland!« Emma unterstützte ihre leisen Rufe mit rhythmischem Klopfen auf dem hölzernen Esstisch.

»Ja, wie gesagt. Die sind mächtig stolz. Nur eine Sache fehlt denen noch…« Emmas Vater machte eine bedeutungsvolle Pause. »Sie können…«

»Sie können keine Menschen durchschicken«, ergänzte Emma den Satz.

Dr. Laurent schaute verblüfft seine Tochter an. »Und woher weißt du das schon wieder?«

»Ich kann eins und eins zusammenzählen.« Ihre Stimme ging nach oben, als sie das sagte. »Ist doch logisch!«

»Hmh. Du hast recht. Und hier komme ich ins Spiel. Ich weiß, wie das geht.«

»Ich auch. Aber diesmal musst du auf meine Zeitreise-Erfahrung leider verzichten, Papa. Einmal und nie wieder.«

»Keine Angst, Emma. Hier ist weit und breit kein Atomkraftwerk in der Nähe.«

»Und wie geht es jetzt weiter?«, fragte Eva Laurent.

»Ich werde mir das mal genau anschauen und dann entscheiden. Wenn ich kein Potenzial in dem Projekt sehe, kündige ich eben wieder.«

»Kündigen! Kündigen! Kündigen!«, rief Emma, etwas besser gelaunt als vorher.

»Hat eigentlich jemand in Grimadan gewusst, dass es noch eine zweite Maschine gibt?«, fragte ihre Mutter.

»Ja und nein. Wir vor Ort wussten nur, dass es sie gibt, aber keine Details. Aber es gab auf allerhöchster Ebene diesen Deal mit den zwei Maschinen. Und da bot sich Bangalore an, da hier alles mit Hightech-Kram vollgepflastert ist und eine Produktionsstätte für technische

Spielereien mehr nicht weiter auffällt.« Er zuckte mit den Schultern. »Wir müssen uns wohl damit abfinden, dass, wenn alles klappen sollte, demnächst alles, aber auch wirklich alles auf den Kopf gestellt wird, was mit der gängigen Geschichtsschreibung zu tun hat.«

Emma und ihre Mutter schauten sich ahnungsvoll an.

»Ich geh hoch«, sagte Felix und verließ das Zimmer, da ihn das Gespräch langweilte.

»Was meinst du damit genau?«, fragte Eva Laurent ihren Mann.

»Na, ganz einfach. Wenn wir mit diesem Ding beliebig in die Zukunft und in die Vergangenheit reisen können, stellt sich doch die Frage, was man dann bei dieser Gelegenheit so alles Geschichtsträchtiges anstellt. Einen kommenden Krieg verhindern, einen zukünftigen Diktator vor dessen Machtergreifung um die Ecke bringen oder die Lottozahlen vom nächsten Wochenende notieren.«

»Also, ich würde ja die Lottozahlen bevorzugen«, entgegnete Emma. »Aber eigentlich ist diese Vorstellung total erschreckend.«

Ihr Vater lehnte sich nach hinten. »Glücksspiele sind für alle Mitarbeiter und deren Familienangehörige verboten. Aber ja, da ist ein gewisses Risiko dabei, das stimmt. Die Frage ist, ob man einen Missbrauch verhindern kann.«

»Und wie willst du das schaffen? So eine Möglichkeit lässt sich eine Regierung niemals entgehen, ihre Macht mit so einem Instrument auszubauen. Man könnte politische Widersacher schon im Kindesalter stoppen. Und das wäre vielleicht nur eine der harmloseren Aktionen.« Emmas

Mutter blickte sorgenvoll zu ihrem Mann.

»Weiß ich alles«, sagte er. »Ich muss es aber trotzdem wagen. Dafür bin ich viel zu sehr Wissenschaftler.«

»Und wir schauen mal wieder in die Röhre! Ich hab da keinen Bock mehr drauf, Papa!«

»Nicht in die Röhre, Emma! In den Tunnel!«

»Der war jetzt aber ganz schlecht.« Emma stand auf. »Ich will nur wieder heim.«

Mit traurigen Augen verließ sie das Esszimmer. Sie stapfte die Treppe hinauf, warf einen kurzen Blick in das Zimmer von Felix, der lag auf dem Bett und hatte seine OTC-Brille auf, schlurfte dann weiter ins Badezimmer und blieb vor dem Spiegel stehen. Sie wollte duschen und dann in ihrem Zimmer der Nacht entgegendösen. Sie betrachtete ihr Spiegelbild, als ihr für Sekundenbruchteile etwas ins Auge sprang. Sie schob ihre Nase noch ein wenig näher dem Spiegel entgegen, gerade so, als wollte sie in ihn hineinschlüpfen. Irgendwas war da gerade gewesen. Etwas hatte sie gestört, sie wusste aber nicht, was es war. Emmas Kopf ruckte zurück. Sie brauchte einen besseren Überblick. Ich sehe ein sechzehnjähriges Mädchen, das ziemlich müde und erschöpft wirkt, dachte sie bei sich. Aber da war noch etwas. Etwas, das störte und nicht zu dem sechzehnjährigen Mädchen passte. Und dann sah sie es. Hing da einfach so herum. Mit ein paar anderen zusammen, die allerdings normal aussahen. Sie nahm es vorsichtig zwischen Zeigefinger und Daumen und zog es mit einem Ruck heraus. Ein graues Haar. Ein kleiner Schauer lief über Emmas Rücken, als sie das Haar betrachtete. Es sah so merkwürdig aus. So falsch. Sie legte das Haar an den Rand des Waschbeckens und näherte sich wieder dem Spiegel.

Fünf Minuten später hatten sich zweiundvierzig weitere graue Haare zu dem anderen gesellt und Emma stand einfach da und verstand die Welt nicht mehr. Konnte man mit sechzehn Jahren schon graue Haare bekommen? Wenn man von der Tatsache mal absieht, dass sie erst durch die Zeit, dann um die halbe Welt gereist und heute in eine indische Katastrophe namens Schule gegangen war, hatten Mädchen in ihrem Alter einfach keine grauen Haare!

Emma sammelte die Haare auf, schloss sie in ihre Faust und ging wieder nach unten, wo ihre Eltern immer noch am Esszimmertisch saßen und Probleme wälzten. Ohne etwas zu sagen, kam Emma herein, streckte ihre Hand genau zwischen die Köpfe ihrer Eltern und öffnete die Faust. Da lagen die dreiundvierzig grauen Haare und erwarteten das Urteil von Dr. Laurent, dem allwissenden, hochbegabten, superschlauen Physiker mit dem geradezu pathologischen Zwang zum Umziehen, dachte sich Emma, als sie die erstaunten Blicke ihrer Eltern sah. Hinter der Stirn ihres Vaters begann es wieder zu rattern, während ihre Mutter ein Haar genommen hatte und es von allen Seiten betrachtete. Hast du noch nie ein graues Haar gesehen, wollte Emma sie fragen, ließ es aber.

»Sind das deine?«, fragte ihre Mutter.

»Nein, hab ich einer der zahlreichen Ratten, die durch unseren Garten spazieren, ausgerissen!«, antwortete Emma sarkastisch. »Natürlich sind das meine! Da seht ihr mal, wie mir das Ausland bekommt.«

»Seit wann hast du die?«, wollte ihr Vater wissen.

»Seit gerade. Seit gestern. Seit, keine Ahnung. Woher soll ich das denn wissen. Heute Morgen ist mir nichts aufgefallen.«

Emmas Mutter stand auf und schaute sich Emmas Haarpracht von oben an. »Da sind noch mehr, Emma. Das ist aber schon komisch.«

»Ich finde, das ist das genaue Gegenteil von komisch, Mama. Ich bin sechzehn und nicht sechzig.« Emma verzog das Gesicht. »Wahrscheinlich fallen mir bald die Zähne aus und ich krieg Falten.«

»So richtig fit siehst du wirklich nicht aus. Aber das ist wahrscheinlich der Stress der letzten Wochen. Oder was meinst du, Lukas?«

Dr. Laurent sagte gar nichts und fixierte nur die grauen Haare, die Emma auf den Tisch gelegt hatte. »Hmh«, war dann das Einzige was er hervorbrachte.

»Hi«, rief es dann aus der Küche und Felix tanzte ins Esszimmer.

»Was ist denn mit dir los«, fragte Emma. »Bist du auf Drogen?«

»Emma!«, schimpfte ihre Mutter.

»Wir sind in Indien, da wird eben getanzt«, lachte Felix.

»Felix, komm mal her«, rief ihn sein Vater zu sich.

»Was?«

»Du sollst mal herkommen«, forderte Dr. Laurent seinen Sohn noch mal auf. Der umkurvte jetzt auch den Tisch und blieb vor seinem Vater stehen.

»Kopf runter!«

»Geht nicht. Ist angewachsen.« Felix feixte, senkte seinen Kopf aber dann doch.

»Scheiße!« Dr. Laurent blickte ungläubig auf den Haarschopf von Felix. »Das gibt es doch gar nicht.«

Eva Laurent kam hinzu und schaute ebenfalls auf Felix' Haare. Auch Emma stand auf und erkannte das, was ihren Vater zu dem für ihn untypischen Schimpfwort bewogen hatte. Felix hatte wie sie ein paar graue Haare, die zwischen den anderen blonden herausstachen.

»Woher kommt das, Lukas?«, fragte Eva Laurent. Aus ihrem Gesicht war alle Farbe gewichen und ihre Stimme zitterte heftig. »Das ist doch kein Zufall.«

Ihr Mann schaute von Felix' Kopf hoch, direkt in die Augen seiner Frau. »Nein. Das ist kein Zufall. Ich glaube, das sind die Nachwirkungen des Zeitsprungs.« Er wandte sich an seine Kinder. »Emma, Felix! Ihr altert, und das schnell!«

»Aber ich bin nicht gesprungen, das kann nicht sein. Die andere Emma ist durch die Zeit gereist.« Emma schaute zwischen ihren Eltern hin und her. Die Falten auf der Stirn ihres Vaters nahmen die Ausmaße des Grand Canyons an, als er sich mit beiden Händen die Schläfen massierte.

»Das stimmt allerdings. Das stimmt.« Er flüsterte bei den letzten Worten nur noch und sah absolut ratlos aus.

»Dann muss es doch einen anderen Grund geben, oder, Lukas?«, fragte Emmas Mutter.

»Vielleicht, Eva, vielleicht.« Er wandte sich an Felix und Emma. »Habt ihr beiden irgendetwas gespürt, als es euch quasi doppelt gegeben hat? Habt ihr vielleicht gedacht, dass da noch jemand anderes ist – so als Gefühl? Ich weiß nicht, wie ich es ausdrücken soll.«

»Nö! Keine Ahnung, Papa! Ich war zu beschäftigt in der Vergangenheit«, antwortete Felix.

»Ich schon«, sagte Emma.

»Schon klar!«, unterbrach Felix sie.

»Kannst du mal deine Klappe halten, Mann!«, fuhr ihn Emma an.

»Hört doch bitte auf zu streiten. Bitte!« Ihre Mutter war schon wieder den Tränen nahe und Felix streckte Emma die Zunge raus, was Emma aber ignorierte.

»Was hast du gespürt?«, fragte Emmas Vater.

»Ich kann es nicht beschreiben. Vielleicht bilde ich es mir jetzt auch bloß ein. Ich weiß es nicht. Nur so ein Gefühl.«

»So kommen wir nicht weiter«, resignierend schaute Dr. Laurent seine Familie an.

»Entschuldige bitte, dass ich hier keine hochwissenschaftlichen Ausführungen zum Besten gebe.« Emma stand auf und verließ den Raum.

»Und ich auch nicht.« Auch Felix stand auf, ging und ließ seine Eltern allein.

SPARSH HOSPITAL

Emma lag auf der Liege und blickte an die weiße Decke, bis sie den Anblick nicht mehr ertragen konnte. Hier war alles weiß. Der ganze Raum. Das ganze Krankenhaus. Weiß. Keine Farbe. Das genaue Gegenteil von dem, was Indien war. Bunt. Allerdings hatte sie bis jetzt noch nicht viel von dem Indien gesehen, das sie aus Büchern oder dem Internet kannte. Die paar Saris, die sie aus dem Auto heraus entdeckt hatte, konnten diesen Anblick hier auch nicht wettmachen. Wobei das Weiß immer noch besser war als Grau. Grau würde aber super zu ihrer neuen Haarfarbe passen, dachte sie sich. Weiß, Grau, egal. Ihre Zukunft sah sie eh im schwärzesten Schwarz, das es gab. Und die von Felix genauso. Der lag in einem anderen Raum und langweilte sich bestimmt zu Tode. Tolles Wortspiel. Und so passend. Das musste sie unbedingt nachher ihren Eltern sagen, die sie jetzt hinter einer Scheibe in einem Vorraum beim Diskutieren mit zwei Ärzten beobachtete. Ihre Mutter hatte wieder geweint. Klar. Wer würde das nicht, wenn einem gesagt wird, dass die eigenen Kinder demnächst älter aussahen, als man selbst. Sie hatten doch noch ihr ganzes Leben vor sich. Eigentlich. Emma schloss die Augen und wünschte sich an einen anderen Ort. Einen Ort, an dem sie wieder sechzehn Jahre alt war und auch so aussah. Einen Ort, an dem sie Freunde hatte und vor allem auch eine beste Freundin. Wie Sarah. Was die wohl gerade trieb? Sie hatte jeglichen Kontakt mit ihr abgebrochen, als sie letztes Jahr von München nach Südfrankreich zog. Jetzt bereute Emma ihre damalige Reaktion, als sie mit Sarah gestritten hatte. Als sie sie das letzte Mal gesehen hatte, wenn auch nur online, und das letzte Mal mit ihr gesprochen hatte. Vieles würde sie jetzt anders machen, wenn sie noch eine zweite Chance hätte. Nein, alles!

Die Tür ging auf und Emma wurde in ihren düsteren Gedanken unterbrochen. Ihre Eltern und der Arzt kamen herein. Alle drei machten besorgte Gesichter.

»Wie geht es dir?«, fragte der Arzt Emma auf Englisch.

»Bestens! Könnte echt nicht besser sein«, antwortete Emma auf Deutsch und verzog das Gesicht.

Ihr Vater machte ebenfalls eine Grimasse und drehte sich zu dem Arzt hin, der nicht den Eindruck erweckte, als hätte er die Antwort von Emma verstanden.

»Bad.«

»Not bad! I'm feeling great! I have the best time of my

life.« Sie strahlte den Arzt an, während ihre Eltern sich nur entgeistert ansahen. »I'm in India and not in Germany. Isn't that great?«

Der indische Arzt schaute vom einen zum anderen und schüttelte den Kopf. Dann gab er ihrem Vater ein paar Ausdrucke und verabschiedete sich.

»Was sollte denn dieser Auftritt, Emma?« fragte ihr Vater, als der Arzt das Zimmer verlassen hatte.

Emma zuckte nur mit den Schultern und zeigte auf die Blätter in der Hand ihres Vaters. »Was steht da drauf?«, wollte sie von ihrem Vater wissen.

»Die Diagnose.«

»Und?«, fragte Emma weiter.

»Später, Emma, später.« Er wandte sich seiner Frau zu. »Holst du Felix?«

Emmas Mutter ging zu einer Verbindungstür und verschwand im Nachbarzimmer. Nur Sekunden später kam sie mit Felix zurück, der Emma und seinem Vater zuwinkte, als er sie sah.

»Ich will heim!«, sagte er nur und setzte sich neben Emma auf das Bett.

»Da geht's jetzt auch hin.« Dr. Laurent nahm die Hand seiner Frau und beide gingen Richtung Tür.

»Und die Diagnose? Was ist mit der?«

»Hab ich doch gerade gesagt, Emma. Später. Wenn wir zu Hause sind.«

»Dia… was?«, fragte Felix und schaute fragend seinen Eltern hinterher.

»Später, Felix, später«, antwortete Emma resigniert und

stand von der Liege auf. »Komm. Das bringt hier nix.«

»Können die uns nicht helfen?«

»No!« Emma schaute ihren kleinen Bruder an. »Niemand kann uns helfen.«

»Dann helfen wir uns selbst. Papa kriegt das schon wieder hin.« Auch Felix stand wieder von der Liege auf und rannte jetzt seinen Eltern hinterher, die das Zimmer schon verlassen hatten und auf dem Gang warteten.

»Da hab ich so meine Zweifel«, murmelte Emma so leise, dass Felix sie auf keinen Fall hören konnte.

Eine Stunde später saßen sie alle am Esstisch. Vor ihnen lagen, über den ganzen Tisch verteilt, die Unterlagen aus dem Krankenhaus.

»Wie lange haben wir noch?«, fragte Emma. Ihr standen die Tränen in den Augen, obwohl sie doch schon fast eine Stunde lang, während der ganzen Fahrt und die ganze Zeit hier am Tisch, geweint hatte. Ihre Tränen wollten einfach nicht versiegen. Auch ihre Mutter schluchzte immer wieder und konnte sich nur schwer wieder beruhigen. Ihr Vater und Felix saßen schweigend da und warteten ab, bis sie sich wieder beruhigt hatten. Emma verstand nicht, wie die beiden diese Diagnose nur so ruhig entgegennehmen konnten.

»Das steht hier nicht drin«, sagte ihr Vater. »Aber der Arzt meinte, bei einem normalen Verlauf dieser Krankheit dauert es Jahre.«

»Tja, allerdings ist das bei uns ja nicht der Fall, oder? Wenn ich das richtig verstanden habe, handelt es sich normalerweise um eine Erbkrankheit, die man also von Geburt an hat. Das können wir ja bei uns wohl ausschließen.«

»Ja. Und das ist vielleicht auch die Chance, die wir haben. Es gibt kein Heilmittel gegen diese Progerie. Aber ihr habt sie auch nicht, sondern nur die Symptome.«

»Das kommt doch auf das Gleiche raus, Lukas!« Eva Laurent hatte sich wieder beruhigt und putzte sich die Nase. »Unsere Kinder altern und zwar so schnell, dass sie uns irgendwann überholt haben werden, oder wie man das in diesem Fall auch immer nennt.«

»Vielleicht ist es ja vorübergehend. Vielleicht hört es wieder auf.«

»Irgendwas müssen wir doch tun können, Papa. Dir fällt doch sonst immer etwas ein.« Emma schaute flehend zu ihrem Vater, der ihr gegenübersaß.

»Nur was? Ich habe keine Ahnung! Irgendetwas geht da schief beim Zeitsprung. Etwas, das ich nicht berechnet habe, vielleicht auch gar nicht berechnen kann, das ich übersehen habe. Etwas in der Wiederzusammensetzung der DNA, das dann die Progerie-Symptome auslöst. Die DNA ist der Schlüssel zu allem beim Zeitsprung.« Seine Stimme wurde immer leiser. »Aber dieser Schlüssel passt nicht mehr. Als würde man die Tür aufschließen und durchgehen und wenn der Zeitsprung vorbei ist, passt der Schlüssel nicht mehr. Anders kann ich es nicht beschreiben. Irgendwie wird beim Zeitsprung in der DNA das Schloss ausgewechselt.«

»Dass es bei Felix passiert, kapier ich ja noch irgendwie«,

47

sagte Emma, »aber warum bei mir? Ich bin doch gar nicht gesprungen, ich habe doch damals mit der zweiten Emma getauscht, oder nicht?«

»Das hast du uns so erzählt, ja. Dass du auf dem Schulklo mit der durch die Zeit gesprungenen Emma getauscht hast.« Ihr Vater schaute jetzt noch nachdenklicher, falls das überhaupt noch möglich war.

»Glaubst du mir das etwa nicht?« Emma sprang auf.

»Natürlich glaube ich dir, aber…«

»Nichts aber.«

»Doch Emma. Eigentlich kann es nur so sein, dass du nicht getauscht hast, sonst hättest du keine Progerie. Also, aus rein wissenschaftlicher Sicht.« Dr. Laurent schaute seine Tochter an. »Aber natürlich glaube ich dir trotzdem, dass du glaubst, getauscht zu haben.«

»Noch mal zum Mitschreiben! Ich habe mich mit der zweiten Emma auf dem Schulklo getroffen und ich habe die Seiten gewechselt. Das habe ich nicht geträumt.«

»Wie gesagt, das glaube ich dir. Die Fakten sprechen leider dagegen.«

»Die Fakten lassen auch keine Zeitreisen zu und trotzdem funktioniert es, oder habe ich das alles auch nur geträumt?«, fragte Emma aufgebracht.

»Nein, leider nicht.«

»Hallo!« Felix streckte seinen Arm in die Luft, als würde er sich in der Schule melden. Drei Augenpaare richteten sich auf ihn. »Wir springen!« Felix machte ein begeistertes Gesicht.

»Von was? Aus dem Flugzeug? Von einer Brücke, oder

was?« Emma schaute gereizt zu Felix.

»Durch die Zeit, Emma. Lass uns noch mal durch die Zeitmaschine springen. Vielleicht werden wir dann wieder gesund.« Felix lachte seit vielen Stunden wieder einmal.

»Super Idee! Vielleicht kommen wir aber auch als Oma und Opa auf der anderen Seite an. Vielleicht wird es dann nur schlimmer.« Emma machte eine wegwerfende Handbewegung, schaute aber gleichzeitig zu ihrem Vater. Ihre Blicke trafen sich. Ratter, ratter, ratter. Sie sah die Rädchen förmlich hinter der Stirn ihres Vaters ineinandergreifen.

»Könnte klappen, könnte klappen«, sagte Dr. Laurent leise und wiegte den Kopf hin und her. Eine Geste, die Emma noch nie bei ihrem Vater gesehen hatte.

»Das ist doch Wahnsinn, Lukas. Dann wird nur alles schlimmer. Das können wir nicht machen.«

»Ich sehe wirklich keine bessere Idee als die von Felix«, entgegnete er seiner Frau.

Felix stand auf und alle schauten ihn an. Dann verneigte er sich. »Danke, danke! Bitte Applaus für die großartige Idee von Felix.« Erwartungsfroh grinste er in die Runde.

»Bitte setz dich wieder hin«, sagte seine Mutter.

»Mann, Felix. Hier geht's um Leben und Tod. Das ist doch kein Zirkus.« Emma konnte es nicht fassen, dass ihr Bruder auch noch Spaß bei dem ganzen Albtraum hatte.

»Ja, bitte setz dich wieder. Da hat Emma mal recht. Das ist kein Spaß.« Die ernste Miene seines Vaters ließ Felix zurück auf seinen Stuhl sinken.

»Aber zurück zu seiner Idee. Vielleicht wird der Verlauf dann gestoppt oder wieder rückgängig gemacht, wenn ihr noch mal durch die Maschine geht. Das könnte wirklich funktionieren.«

»Aber, wenn wir in die Vergangenheit reisen, gibt es doch den gleichen Effekt, oder nicht?«, fragte Emma.

»Wer sagt denn was von der Vergangenheit, Emma?« antwortete ihr Vater. Jetzt sahen ihn alle drei an und er blickte entschlossen in die Runde. »Die Zukunft soll es richten. Die Zukunft!«

Progerie. Hutchinson-Gilford-Syndrom. Werner-Syndrom. Emma las es immer und immer wieder. Sie blickte angestrengt auf diese drei Begriffe, bis ihre Augen schmerzten und sie sie schließen musste. So verblieb sie einen kurzen Moment still auf ihrem Bett sitzend, bis ein Rascheln sie wieder die Augen öffnen ließ. Das Rascheln kam von dem Brief, der im Rhythmus ihrer zitternden Hände ein leises, aber unüberhörbares Geräusch zu ihr schickte. Geradeso, als ob es mit ihr kommunizierte und ihr die unbarmherzige Botschaft auch auf diesem Weg näherbringen wollte.

Emma faltete das Blatt wieder ordentlich zusammen und steckte es in den Umschlag zurück, den ihr Vater ihr vorhin gegeben hatte. Sie schwang ihre Beine auf das Bett, legte sich zurück und deckte sich mit der dünnen Bettdecke zu, die sie zwar nicht vor der Hitze, aber doch vor dem Luftzug des Ventilators und der Klimaanlage schützte. Den Umschlag legte sie neben das Kopfkissen. Sie beobachtete den Deckenventilator, der sich gemächlich drehte und anscheinend noch nicht den Kampf gegen die unerbittliche Hitze Südindiens aufgegeben hatte. Soll ich auch weiterkämpfen?, fragte sich Emma. Lohnt sich der Kampf überhaupt, oder ist er von vornherein hoffnungslos? Ihr Vater, dieser eigentlich unverbesserliche Optimist, hatte derart niedergeschlagen gewirkt, als er den Brief ihrer Mutter gezeigt hatte, dass wohl jedweder Kampf reine Zeit- und Kraftverschwendung wäre. Und da war es wieder, dieses kleine, unscheinbare Wort mit der großen Bedeutung, das diesen ganzen Schlamassel erst angerichtet hatte, dachte Emma. Zeit. War ihre Zeit wirklich schon abgelaufen? War das, was ihr und ihrem Bruder Felix dort in Südfrankreich widerfahren war, der Anfang von ihrem Ende? Waren diese zehn Tage zurück in der Zeit, diese kurze Spanne, die sie einfach noch einmal durchlebt und durchlitten hatten, der Auslöser für etwas, das sie jetzt keine zehn Tage, sondern ihr Leben kostete? Konnte das Leben so grausam sein? Sie sah ihren Bruder vor sich, eine Eisenstange in der Hand, ein paar Schritte vom Heckrotor eines Hubschraubers entfernt. Dann warf er auch schon die Stange und Emma öffnete blitzschnell wieder die Augen. Der Rotor des Hubschraubers verwandelte sich wieder zurück in den Deckenventilator. Sie zog die Decke weg, stand auf und drückte den Knopf für den Ventilator. Mit einem leisen Brummen erstarb der Motor und der Ventilator drehte seine letzten Runden. War sie dabei gewesen, als Felix den Hubschrauber außer Gefecht gesetzt hatte? Oder hatte ihr Vater recht, dass sie sich das mit dem Tausch nur eingebildet hat? Sie konnte den Hubschrauber gerade deutlich vor sich sehen, als sie die

Augen geschlossen hatte. Hatte sie die gleichen Erinnerungen wie die andere Emma, die, mit der sie getauscht hatte? Die, die zusammen mit Felix in der Zeit zurückgereist war. Verschmolz sie wieder zu einer Person? Hatte sie deshalb die gleichen Symptome wie Felix?

Emma ging zum Fenster. Der Blick auf den hinteren Garten des Hauses und das angrenzende Grundstück war mehr als ernüchternd. Von grünem Rasen war nichts zu sehen und die mickrigen Büsche, die ungeordnet auf dem Gelände verstreut standen, hatten auch schon bessere Tage gesehen. Das Nachbargrundstück war komplett vermüllt, was aber kein Wunder war, wenn man den Abfall über das Balkongeländer oder durchs offene Fenster entsorgte. Emma trennte sich von dem deprimierenden Anblick und schaltete stattdessen die Klimaanlage ein. Sofort blies ihr ein kühler Wind ins Gesicht, der ihre Tränen vollends trocknete. Die Hitze in ihrem Zimmer hatte keine Chance mehr. Ihr Kampf war verloren, doch Emmas Kampf begann genau jetzt.

Die Zukunft soll es richten, hatte ihr Vater heute Nachmittag gesagt. War es nicht schon verrückt genug, in die Vergangenheit reisen zu können? Und jetzt also die Zukunft? Die indische Zeitmaschine konnte wohl Dinge in die Vergangenheit und die Zukunft befördern, hatte ihr Vater gesagt und, klar, ihr Vater konnte Personen durch die Zeit schicken. Also beides zusammenbringen und das war es. Emma fröstelte bei dem Gedanken, eine solch unglaubliche Reise durchzuführen. Würde alles viel schlimmer werden oder waren sie und ihr Bruder dann schlagartig wieder geheilt? Das würde nur die Zukunft zeigen, im wahrsten Sinne des Wortes. In einer Woche sollte es losgehen. So lange würde ihr Vater brauchen, um den Sprung vorzubereiten. Und er hoffte, dass seine neuen Kollegen davon nichts mitbekommen würden. Das Ganze sollte dann in einer Nacht- und Nebelaktion durchgezogen werden. Aber das kannte Emma ja schon aus Südfrankreich. Sie hatte aber keine Ahnung, wie er das schaffen wollte. Hier gab es nämlich keine unterirdischen Verbindungstunnel von Wohnhäusern zu Forschungseinrichtungen. Hier musste man mit dem Auto vorfahren. *Guten Abend Herr Wachmann, dürften wir vielleicht mal durch? Muss meine Kinder schnell mal in die Zukunft schicken. Vielen Dank!* Emma musste fast lachen, wenn sie sich diese absurde Situation vorstellte. Sie dachte an Felix. Der lag bestimmt drüben in seinem Zimmer, die OTC-Brille auf und surfte durchs Internet. Sie stemmte sich hoch und ging ins Nachbarzimmer. Natürlich lag Felix im Bett. Allerdings starrte er an die Decke und nicht in die OTC-Brille. Fast so wie sie selber im Krankenhaus.

»Na, Felix! Alles klar bei dir?«

»No!«

Emma grinste, da er sich mal wieder einen Ausspruch von ihr angeeignet hatte. »Bist du schon aufgeregt wegen der Zeitreise?«, wollte Emma wissen.

»No!«

»Ich schon.«

»Ich nicht. Ich gehe nämlich nicht mit.«

Emma blieb kurz vor ihrem Bruder stehen und schaute auf ihn hinab. »Warum denn nicht? Ich brauch dich doch. Außerdem wirst du dann wieder gesund.«

»Erstens wissen wir nicht, ob das wirklich hilft, zweitens würde ich dich nur aufhalten und drittens bist du eh wieder so schnell zurück, dass keine Zeit vergangen sein wird.«

»Wie, keine Zeit vergangen?«, fragte Emma.

»Ist doch klar! Es geht in die Zukunft. Und wenn du aus der Zukunft wieder genau am gleichen Tag zurückkommst, wie du gesprungen bist, ist doch keine Zeit vergangen, oder?« Felix machte ein nachdenkliches Gesicht.

»Stimmt! Daran hatte ich noch gar nicht gedacht. Wie bist du denn da drauf gekommen?«

»Mit Logik vielleicht?«

Emma schaute ihren Bruder an. Seit wann konnte Felix logisch denken, dachte sie sich und musste sich beherrschen, nicht loszulachen. Aber er hatte wirklich recht. »Wenn ich morgen in die Zukunft reise und dann sagen wir mal zehn Jahre in der Zukunft bleibe und genau morgen zur gleichen Zeit wieder zurückkomme, ist für euch null Zeit vergangen.« Emma musste kurz innehalten angesichts dieser Erkenntnis. »Aber, dann…«

»Aber, was?« fragte Felix dazwischen.

»Aber bin ich dann zehn Jahre älter geworden oder bin ich bei der Rückkehr genauso alt wie vorher?«

»Keine Ahnung!«

»Irre!«

»Das auf jeden Fall. Und zwar komplett.«

»Was?«

»Irre.«

»Stimmt!«

»Tolle Unterhaltung.«

Emma setzte sich neben Felix auf das Bett und umarmte ihn. »Ach, Felix! Wir zwei!«

»Ja, wir zwei und Mama und Papa.«

»Ja, wir vier.« Sie drückte Felix noch fester an sich. »Okay. Ich rede jetzt mit Papa und sag ihm, dass du nicht mitwillst.«

»Ich bleib hier. Hab es mir gerade gemütlich gemacht.« Felix kuschelte sich in seine Leinendecke und schloss die Augen.

Emma verharrte noch einen kurzen Augenblick und genoss den Anblick und schlich dann leise aus dem Zimmer. Sie traf ihren Vater im Wohnzimmer, wo er auf der Couch saß und Unterlagen wälzte. Sie setzte sich gegenüber in einen Sessel und wartete, bis sie seine Aufmerksamkeit gewonnen hatte. Als er kurz herüberschaute, hob sie die Hand.

»Hi, Emma!«

»Felix will nicht mit«, sagte sie.

»Wohin will er nicht mit?«, fragte ihr Vater abwesend.

»In die Zukunft. Wohin denn sonst?«

Jetzt legte Dr. Laurent einen Ordner weg und schaute überrascht zu seiner Tochter. »Er muss aber mit. Das könnte die einzige Chance sein, die er hat.«

»Er will aber nicht. Und vielleicht muss er auch nicht.«

»Warum das denn?«

»Felix hat da so eine Theorie.«

»Felix hat eine Theorie?« Ihr Vater hob erstaunt die Augenbrauen.

»Ja, seine Theorie ist die, dass, wenn ich in die Zukunft reise und wie lange auch immer dort bleibe und dann genau zum gleichen Zeitpunkt wieder zurückkehre, gar keine Zeit vergangen ist. Also hier in der Gegenwart.«

»Schlauer Bursche, mein Sohn.« Dr. Laurent nickte anerkennend. »Klar ist das so.«

»Und was ist mit mir?«

»Was soll mit dir sein?«

»Also, wenn ich jetzt zehn Jahre in der Zukunft bleibe und dann aber zum gleichen Zeitpunkt zurückkehre, wie ich gegangen bin, wie alt bin ich dann? Sechzehn oder sechsundzwanzig Jahre? Denn hier in der Gegenwart ist ja gar keine Zeit vergangen, oder?«

»Äh, nein. Das ist ja dann immer noch die Gegenwart. Und du, du bist dann zehn Jahre älter. Klar. Du bist dann also sechsundzwanzig Jahre alt. Aber warum willst du denn zehn Jahre bleiben? Das brauchst du doch gar nicht.«

»Das ist ja auch nur theoretisch. Aber ich verstehe nicht, dass ihr dann nicht auch zehn Jahre älter seid. Ich war doch zehn Jahre weg. Ihr müsst älter sein, auch wenn ich zur gleichen Zeit zurückkomme. Oder?« Emma machte ein ratloses Gesicht und auch ihr Vater hatte jetzt offensichtlich ihr Problem erkannt, denn er schaute angestrengt auf einen weit entfernten Punkt links über ihrer Schulter.

Ratlos, dachte Emma. Mein Vater sieht wirklich einmal ratlos aus. Sie schmunzelte.

»Warum lächelst du?«, fragte ihr Vater. »Mir ist nicht nach Lachen zumute, angesichts der Tatsache, dass du und Felix diese Symptome haben.«

»Mir eigentlich auch nicht. Aber ich glaube, du bist ratlos angesichts meines Zehn-Jahre-Zeitproblems. Und du bist selten ratlos.«

»Ich bin nicht ratlos. Es ist nur ein Problem, über das man erst mal nachdenken muss. So etwas hat es bis jetzt auch nicht gegeben.«

»Du bist ratlos.« Emma stand auf.

Die Tür zur Küche ging auf und ihre Mutter kam ins Wohnzimmer. Die letzten Stunden hatten sie altern lassen, wie Emma fand. Und das ganz ohne Zeitmaschine.

»Na, Emma, wie geht es dir?«, fragte sie.

»Geht so! Aber dir geht es auch nicht gerade gut. Du siehst richtig schlecht aus!«

»Danke für das Kompliment.« Emmas Mutter machte eine wegwerfende Handbewegung. »Du und Felix kosten mich noch die letzten Nerven.«

»Vielleicht find ich in der Zukunft nicht nur ein Mittel gegen schnelles Altern, sondern auch eins, um jünger zu werden. Oder alle Menschen leben ewig. Der Tod besiegt nicht den Menschen, sondern umgekehrt, wir siegen über den Tod.«

»Ach Emma! Werde erst mal wieder gesund. Das ist das Wichtigste. Egal was die Zukunft bringt.«

»Mach ich, Mama! Und Felix auch.«

»Und Felix!« Sie ging zu ihr und drückte sie fest an sich.

Es war kurz vor Mitternacht, als Emma die ersten Bilder

sah. Sie hatte ihre OTC-Brille auf und surfte durch das Netz. Sie hatte nach Progerie gesucht und war fündig geworden. Ein Bild zeigte ein zwölfjähriges Mädchen, das aussah wie eine Hundertjährige. Sie hatte keine Haare, faltige Haut und einen zu großen Kopf gegenüber ihrem Körper. Am Ende des Artikels stand, dass das Mädchen nur dreizehn Jahre alt wurde.

Würde sie selbst auch so enden? Und Felix ebenso? Die Ärzte hatten gesagt, dass sie ähnliche Symptome wie Progerie-Patienten hätten. Da Progerie aber eine Erbkrankheit sei und schon im Kleinkindalter ausbricht, wären die Folgen höchstwahrscheinlich gleich, aber die Ursache eine andere. Emma verstand das nicht, aber wie sollte sie auch, wenn auch ihr allwissender Vater ratlos war. Vielleicht hätten sie den Ärzten etwas von der Zeitreise erzählen sollen, die Felix und ihre, ja was eigentlich, Schwester oder ihr Zwilling, in Frankreich unternommen hatten. Aber wahrscheinlich hätten die Ärzte sie für komplett verrückt gehalten und man hätte ihnen deswegen noch nicht einmal Vorwürfe machen können. Emma nahm die Brille ab und ging ins Bad. Ihr Blick ging zum Spiegel. Noch mehr graue Haare. Und die Augenringe sprachen Bände. Das kommt bestimmt vom vielen Surfen, dachte sie sich.

Wie sollte sie nur die nächsten Tage überstehen? Eine Woche bis zum Zeitsprung. Eine lange Woche. Mit ihren Eltern hatten sie und Felix sich darauf geeinigt, nicht in die Schule zu gehen. Zum Glück. Sie ließ den Spiegel Spiegel sein und machte sich fürs Bett fertig. Auf dem Weg zurück in ihr Zimmer schaute sie noch bei Felix rein. Der lag mit einer üblichen Felix-Verrenkung unter dem Leinentuch und schlief mit einem ganz leisen Schnarchen. Emma schloss die Tür wieder und ging in ihr Zimmer. Sie hatte noch gar keine Zeit gefunden, es ein bisschen gemütlich einzurichten. Brauchte sie wahrscheinlich jetzt auch nicht mehr. Eine alte Frau brauchte kein schönes Zimmer, eine alte Frau brauchte nur einen Platz zum Sterben. Emma zog die Decke über den Kopf und fing an zu weinen.

DER SPRUNG

Entgegen Emmas Befürchtung verging die Woche wie im Flug. Sie, Felix und ihre Mutter saßen schon beim Abendessen, als ihr Vater nach Hause kam.

»In einer Stunde ist Abfahrt«, war das Erste, was Dr. Laurent sagte, als er ins Esszimmer kam. »Heute ist die Nacht der Nächte. Heute geht es los!«

»Hat alles geklappt mit deinen Vorbereitungen?«, fragte Emmas Mutter.

»Ja, lief perfekt. Die Kollegen waren so damit beschäftigt, die letzten Sprünge aufzuarbeiten und zu dokumentieren, dass sie mich gar nicht weiter beachtet haben, als ich die Programmstruktur und die Berechnungen der Maschine verändert habe. Ich habe nur ab und zu gehört, wie sie über den *crazy German* gesprochen haben.« Emmas Vater grinste.

»Und wie kommen wir nachher rein?«, fragte Felix.

»Von wir kann gar keine Rede sein, Felix. Du kommst ja nicht mit.«

»Aber Papa! Ich will doch dabei sein, wenn Emma durch die Zeitmaschine springt.«

»Das glaube ich. Geht aber nicht. Du bleibst hier bei Mama.«

Felix schaute beleidigt über den Tisch zu seinem Vater. »Mann. Ich will hier aber nicht rumhocken.«

»Tja, Felix. Geht leider nicht anders.« Er wandte sich an Emma. »Und du machst dich bitte fertig. Zieh was Bequemes an.«

»Ich wollte jetzt eigentlich mit meinem Ballkleid in die Zukunft reisen. Geht das?«

Felix schaute Emma entgeistert an. »Emma…«

»Erspar dir den Kommentar. Sollte ein Witz sein. Ich hab nämlich gar kein Ballkleid. Woher auch! Ich war noch nie auf einem Ball, geschweige denn habe ich einen Tanzkurs besucht. Habe da auch gar keine Zeit für. Muss schließlich immer die Welt retten oder zur Abwechslung mal mich selbst.« Emma schaute, als würde sie augenblicklich in Tränen ausbrechen.

Ihre Mutter kam um den Tisch herum und nahm sie in den Arm, während ihr Vater betreten zu Boden schaute. Auch Felix unterließ es, eine Bemerkung zu machen und so vergingen ein paar Minuten, in denen eine traurige Stille im Esszimmer herrschte. Emma hielt es nicht mehr aus und ging nach oben. Als sie vor ihrem Kleiderschrank stand, klopfte es an ihrer Tür und Felix kam herein.

»Du schaffst das, oder? Du machst erst dich und dann mich wieder ganz gesund! Versprichst du mir das?« Felix war ganz nah herangekommen und schaute Emma mit feuchten und leicht geröteten Augen an.

»Ich weiß es nicht. Ich kann dir nur versprechen, es zu versuchen. Wenn das stimmt, was Papa vermutet, und in der Zukunft ganz viele Krankheiten geheilt werden können, gegen die man heute noch keine Arzneimittel hat, dann komm ich zurück und mach uns beide gesund. Das kann ich versprechen. Aber ob diese ganze Reise in die Zukunft überhaupt klappt, das kann ich leider nicht versprechen.«

»Aber Papa hat es versprochen, oder nicht?«

»Ja, Papa hat's versprochen. Und was er verspricht, hält er auch, meistens jedenfalls.«

»Dann klappt es auch mit der Zeitreise«, entgegnete Felix zuversichtlich. »Papa ist schließlich ein Genie!«

»Das ist er.« Lächelnd nahm Emma ihren Bruder in die Arme.

Sie fuhren durch die hell erleuchteten Straßen von Electronics City. Das Elektroauto gab nur ein leises Surren von sich und Emma hing ihren Gedanken nach. Obwohl es stockfinstre Nacht war, konnte sie keine Sterne erkennen. Der Schein von vielen Hunderttausend Lampen des Industriegebietes drängte die Dunkelheit hinaus in das Hinterland von Bangalore. Vor zweihundert Jahren war hier wahrscheinlich mal Dschungel, dachte sich Emma, angesichts der nicht enden wollenden Aneinanderreihung von Industriegebäuden. Wäre es nicht toll, mal in diese Zeit zurückzureisen? In die Zeit der Maharadschas, Elefanten und Tiger. Oder noch weiter zurück, als es noch nicht einmal Maharadschas gab. Nur die Wildnis. Aber sie musste in die Zukunft reisen. Das hieß wahrscheinlich noch mehr Industrie, noch mehr Straßen, noch weniger Tiger und Elefanten.

»Warum bist eigentlich du dieser Mensch, der die Zeitmaschine erfunden hat? Warum du, Papa?« Emma wischte sich eine Träne von der Wange, ohne dass ihr Vater etwas davon sah.

»Ich hab sie nicht erfunden. Ich habe sie nur weiterentwickelt und ein bisschen an den Stellschrauben gedreht.« Dr. Laurent bremste den Wagen ab und fuhr langsam auf den Parkplatz, hinter dem ein zehnstöckiges Gebäude mit komplett verspiegelter Fassade in den Nachthimmel ragte. Sie parkten direkt vor dem Eingang und stiegen aus. Emma folgte ihrem Vater zur Tür und beobachtete, wie er in eine kleine Kamera schaute. Die Eingangstür öffnete sich und er ging hinein. Emma blieb wie angewurzelt stehen. Die Tür schloss sich wieder und ihr Vater schaute durch das Glas zu ihr nach draußen. Sie sah, wie er neben der Tür auf einen Knopf drückte und wie die Tür wieder aufging.

»Ich glaube, ich kann das nicht«, sagte Emma und rührte sich nicht von der Stelle.

Ihr Vater kam ihr ein paar Schritte entgegen, aber nur so weit, bis er eine Lichtschranke auslöste und die Tür somit offen blieb. »Komm doch erst mal rein, dann können wir noch mal sprechen. Wir stehen hier ja wie auf dem Präsentierteller.« Er streckte ihr seine rechte Hand entgegen.

Emma schüttelte den Kopf. »Ich kann und schaff das nicht. Ich bin doch nicht so mutig, wie ich dachte.«

»Doch Emma! Du schaffst das! Du bist nämlich das mutigste Mädchen der Welt.« Ihr Vater kam jetzt doch ganz nach draußen und nahm ihre Hand. »Ich sehe keine andere Chance als diese Zeitreise. Du musst da durch. Für dich und Felix.« Er hielt kurz inne und fuhr dann fort. »Ich würde es selber wagen, aber ich muss die Maschine bedienen und…«

»Ich weiß doch! Das haben wir doch alles zigmal durchgesprochen die letzten Tage. Und immer wenn ich in den Spiegel schaue, weiß ich, dass es wahrscheinlich keine andere Möglichkeit gibt.«

»Genau! Es gibt keine andere Möglichkeit oder Chance. Aber diese Chance wird immer geringer, je länger wir warten«, er blickte kurz auf seine OTC, »denn der Wachdienst wird in genau einer Stunde und vierzehn Minuten hier wieder auftauchen und nach dem Rechten schauen. Und bis dahin muss ich dich irgendwie in die Zukunft befördert haben, deine Rückkehr vorbereiten und wir müssen wieder unbemerkt von diesem Parkplatz herunter sein, wenn du zurück bist.«

»Wenn ich zurückkomme.«

»Natürlich wirst du zurückkommen. Und es wird keine Sekunde vergangen sein, wenn du alles beachtest, was ich dir gesagt habe, und…«

»…und deine Kollegen in fünfzig Jahren genau das machen, was wir wollen«, vollendete Emma den Satz ihres Vaters.

»Das werden sie, da bin ich mir sicher. Wenn sie sich vom ersten Schrecken erholt haben, wenn du auftauchst.« Er grinste schief und auch Emma konnte sich ein kleines Lächeln nicht verkneifen. »Also, komm bitte«, forderte ihr Vater sie noch einmal auf. Zögerlich ging Emma durch die Tür, die sich auch sofort wieder hinter ihr schloss. Gab es jetzt kein Zurück mehr? Sie wusste es nicht. Sie folgte ihrem Vater durch das Gebäude, das ihr zum größten Teil wie jedes andere Bürogebäude erschien. Nur ein Raum, an dem sie gerade vorbeikamen, fiel dadurch auf, dass er mit großen Glasscheiben vom Großraumbüro abgetrennt war und mit einer Unmenge von Computern vollgestopft war. Genau neben diesem Raum blieben sie vor einer Tür stehen, die ihr Vater durch Eingabe eines Codes nun öffnete. Sie gingen hinein und Emma begann sofort zu frösteln. Sie hätte sich nicht gewundert, wenn sich eine Atemwolke vor ihrem Mund gebildet hätte, als so groß empfand sie den Temperatursturz. »Ganz schön kühl hier«, sagte Emma, aber ihr Vater nickte nur, obwohl sie mit einer langen Erklärung über die Vor- und Nachteile von klimatisierten Räumen gerechnet hatte. Ihr Vater schien voll konzentriert zu sein. Umso besser, dachte sich Emma. Dann kann ja gar nichts schiefgehen.

»Setz dich bitte«, sagte er stattdessen und zeigte auf einen von drei Bürostühlen. Die standen an einem Bedienpult, das eine ganze Raumseite ausfüllte. »Aber nichts anfassen«, ergänzte er noch, was Emma mit hochgezogenen Augenbrauen quittierte.

Als ob ich hier an den Knöpfen rumspiele, dachte sie sich, sagte aber nichts. Ihr Vater setzte sich auf den Stuhl in der Mitte und begann sofort mit der Arbeit. Da Emma keine Ahnung davon hatte, was ihr Vater gerade machte, schaute sie sich um. An der gegenüberliegenden Seite zur Eingangstür befanden sich ein Fenster und eine weitere Tür. Sie vermutete, dass sich die Zeitmaschine in dem Nebenraum befand, konnte es leider aber nicht überprüfen, da dort vollständige Dunkelheit herrschte. Der Lichtschein ihres Raums reichte kaum einen halben Meter und so konnten sie nichts erkennen. Allerdings würde sie noch früh genug erfahren, ob sie recht hatte, dachte sie sich. Zeitmaschine! Das Wort hallte in ihrem Kopf. Und hier und jetzt sollte sie freiwillig diesen Sprung, oder wie man es auch immer nennen wollte, durchführen. Eigentlich Wahnsinn. In Grimadan geschah dies noch aus der höchsten Not heraus, als alles um sie herum zusammenbrach, aber jetzt... Wie hatte es nur so weit kommen können? Sie blickte zu ihrem Vater, der wie wild, so Emmas Eindruck, auf allen möglichen Knöpfen und Tastaturen herumhämmerte und sich jetzt plötzlich zu ihr herumdrehte, obwohl er noch immer irgendetwas in das Terminal eingab. Schien sich ganz gut mit dem Ding auszukennen, beruhigte sich Emma.

»Fünf Minuten – dann geht's los!«, sagte er. »Bereite dich vor!«

»Äh, wie denn? Wie soll ich mich vorbereiten? Was soll

ich tun?« Emma rätselte. Wie konnte man sich auf etwas vorbereiten, dass noch niemand vorher getan hatte?

»Weiß ich auch nicht«, antwortete ihr Vater ehrlich. »Mental halt, irgendwie. Keine Ahnung!« Er arbeitete weiter und drehte Emma wieder den Rücken zu. Dann ging auf einmal im Nebenraum das Licht an. Emma stand auf und schaute durch die Scheibe. Ein riesiger Quader begann sich aus der nachlassenden Dunkelheit zu schälen und wirklich, da stand sie. Wie in Grimadan gefangen in einem gläsernen Käfig, dessen riesige Scheiben sich jetzt langsam nach unten bewegten und im Boden verschwanden. Mit jedem Zentimeter, den die Scheiben weiter nach unten glitten, wurde das Licht, das die Maschine ausstrahlte intensiver, allerdings nicht so gleißend hell wie in Grimadan. Emma benötigte auch keine Schutzbrille hinter der Fensterscheibe. »Die ist nicht so hell, wie in Grimadan«, stellte sie fest.

»Doch, genauso hell. Den Raum kannst du jetzt nur noch mit Schutzbrille betreten. Die Fensterscheibe hier ist getönt«, erklärte er.

»Okay«, mehr fiel ihr nicht dazu ein. Sie blickte auf die Zeitmaschine, die jetzt in ihrer vollen Größe zu sehen war. Sie verspürte eine aufkommende Panik angesichts dessen, was ihr bevorstand. Sie wendete den Blick ab von diesem Ungetüm und suchte stattdessen den Blickkontakt mit ihrem Vater. Der starrte aber unvermindert auf einen Bildschirm. »Papa?«

Dr. Laurent tippte noch ein letztes Mal auf einer Konsole und lehnte sich dann im Stuhl zurück. »So, fertig!

Der Countdown läuft. Noch zwei Minuten! Kommst du?«
Er drehte sich zu seiner Tochter um.

Emma starrte ihn an. *Kommst du?* Die Frage ihres Vaters
flitzte durch ihre Gehirnwindungen. War das alles? Ein
einfaches *Kommst du?* Wo ging sie gleich noch mal hin?
Zum Einkaufen oder ins Kino? Ach nein! Ein kleiner Trip
in die Zukunft sollte es werden. »Ja, klar, Papa! Ich komme
ja schon. Du hast dich jetzt so angestrengt, dass alles
pünktlich über die Bühne geht, da werde ich nicht zu spät
kommen.« Emma rannen Tränen über die Wangen. Sie
stand mitten im Raum vor ihrem Vater, der sich jetzt
langsam aus seinem Stuhl erhob.

»Komm mal her!« Er ging auf sie zu und nahm sie in
den Arm. »Es wird alles gut! Ich versprech's dir! Du
schaffst das!« Emma schluchzte und konnte nicht antworten. »Ich weiß, es ist nicht leicht – aber wir müssen
rüber. Noch siebzig Sekunden.«

Emma löste sich von ihrem Vater. »Dann los. Gib mir
eine Brille.«

»Kommt sofort.« Dr. Laurent ging zu einem Schrank in
der Ecke und holte zwei Schutzbrillen heraus, die Emma
an Schweißerbrillen erinnerten. Sie setzten die Brillen auf
und ihr Vater ging zu der Tür, die zur Zeitmaschine führte.
Sie schnappte sich den kleinen Rucksack, in den sie das
Nötigste gepackt hatte, setzte ihn auf und folgte ihm
langsam. Aus einem Lautsprecher ertönte auf einmal *thirty
seconds.*

»Wir müssen uns beeilen«, sagte ihr Vater und ging
schnellen Schrittes in den Raum. Emma folgte ihm, blieb

aber auf der Türschwelle stehen. *Twenty seconds.* Unerbittlich rückte die Zeit vor und Emma war unentschlossener als je zuvor.

»Ich will nicht«, sagte sie.

»Du musst, Emma! Und zwar jetzt!« Ihr Vater machte hektische Bewegungen. »Komm! Die Zeit läuft ab!«

Ten seconds! Nine! Eight! Seven!

Emma war erstarrt. *Six!* Sie blickte in das entsetzte Gesicht ihres Vaters. *Five!* »Welche Seite?«, rief sie plötzlich. *Four!*

»Vorne!«, rief ihr Vater. »Schnell!«

Three!

Emma sprintete los. Sie schoss nach vorne, vorbei an ihrem Vater, der wild mit den Armen fuchtelte und irgendetwas schrie, das sie aber nicht verstand. Auch den Countdown nahm sie nicht mehr wahr. Der gleißende Schlund tauchte vor ihr auf und dann stürzte sie auch schon in den Lichttunnel hinein. Im gleichen Augenblick hatte sie ein unglaubliches Déjà-vu. Die einstürzende Decke, ihre Eltern, die verzweifelt schrien, der zappelnde Felix, den sie umklammerte. Alles geschah irgendwie gleichzeitig. Aber geschah es auch jetzt? Wo war Felix? Gerade hatte sie ihn noch im Arm, oder nicht? Aber das war in Frankreich. Dann wirbelte alles durcheinander. Sie war in vollkommene Dunkelheit gehüllt. Sie verlor zuerst die Orientierung und dann die Besinnung.

BANGALORE-TIMESHIFT-PROJECT

Help me! Please!« Emma liefen Tränen über die Wangen, als sie schwankend auf die verdunkelte Scheibe und die Tür zuging. Über der Tür war eine Kamera angebracht und sie vermutete, dass sie beobachtet wurde. Ihr Herz klopfte in einem rasenden Takt und sie musste sich unbedingt beruhigen. Emma hielt sich ihre Hand über die Augen, da der Raum grell erleuchtet war und sie ihre Brille schon abgenommen hatte. Viel heller als gerade - als gerade vor fünfzig Jahren, wenn alles gut gegangen war, dachte sie sich. Aber es musste gutgegangen sein, denn sie lebte und schien unversehrt. Sie stand vor der Tür. Es gab keine Klinke oder einen anderen erkennbaren Öffnungsmechanismus. Emma machte eine Wischbewegung mit der Hand, vielleicht funktionierte es ja wie in den Science-

Fiction-Filmen, die sie gesehen hatte, aber nichts passierte. Dann ging die Tür wie von Geisterhand doch auf und glitt in die rechte Wand. Sie wischte sich mit dem Ärmel ihres Pullis über ihr Gesicht, um ihre Tränen zu trocknen, und schritt durch die Tür.

Tim Muller hielt sich normalerweise streng ans Protokoll. Er hatte es in- und auswendig gelernt, um bloß keine Fehler zu machen. Das war damals in seiner Probezeit beim Time-Shift-Project. Im Protokoll wurde die Vorgehensweise detailliert beschrieben, die man abarbeiten musste, wenn ein Zeitsprung erfolgte. Und so hatte er es immer gehalten. Das Protokoll musste immer eingehalten werden. Alle Dinge (!) wurden zuerst auf Bakterien, Mikroben oder sonstige Verunreinigungen gescannt und vom Programm automatisch in verschiedene Kategorien gepackt. Und er hatte es noch nie erlebt, dass etwas nicht in der 1. Kategorie *Unbedenklich* gelandet war. Danach erfolgte noch eine Sichtprüfung. Ebenfalls *Unbedenklich* – und zwar immer. Bis jetzt. Er hatte beruflich noch nie etwas Bedenklicheres gesehen, als dieses Mädchen, das da vor ihm mitten im Raum stand. Sein Finger lag immer noch auf der Taste, die die Tür öffnete, und er wusste, dass dieses Türöffnen keinesfalls im Protokoll stand. Aber das Protokoll sah auch keine Mädchen vor. »Hello!«, sagte er, weil ihm nichts Besseres einfiel.

»Hi.« Emmas Stimme war mehr ein Flüstern. »Do you speak English?«, fragte sie, jetzt etwas lauter. Sie erntete ein Nicken. »German?« Ebenfalls ein Nicken. Was für ein Glück. Emma ging langsam auf den Mann zu, der immer noch neben dem Bedienpult stand und sie ungläubig anstarrte. »Welches Jahr ist jetzt?«, fragte sie auf Englisch. Emma änderte ihre Richtung und ging auf einen zweiten Stuhl zu, der neben dem Mann stand. Sie musste sich unbedingt hinsetzen und schaffte es gerade noch so, bevor ihre Beine nachgaben. Sie drehte sich zu dem Mann, der sehr nachdenklich aussah. Erinnerte Emma irgendwie an ihren Vater. Bei dem konnte man die Rädchen hinter der Stirn auch immer rattern sehen.

»2087«, antwortete er auf Deutsch, was Emma ein Lächeln entlockte. Genie, dachte sie. Ihr Vater war einfach ein Genie. Fünfzig Jahre! Ab in die Zukunft! Unglaublich! Das musste sie ihm sagen - unbedingt. Gleich wenn sie zurück war. Oder jetzt? Heute? Vielleicht arbeitete er noch hier. Sie musste ihn suchen und ihre Mutter und Felix. Der kleine Felix, der jetzt schon so groß war und… Plötzlich wurde ihr bewusst, dass sie vielleicht ganz alleine war. Fünfzig Jahre. Mein Gott! Ihre Eltern waren vermutlich schon tot und Felix, der musste schon… einundsechzig! Mein Gott! Felix war einundsechzig! Oder auch schon tot! Was, wenn alles fehlgeschlagen war? Ihre Reise in die Zukunft, die gerade begonnen hatte. Was, wenn sie keinen Erfolg hatte und Felix schon tot war? War das dann der Beweis, dass die ganze Reise nichts gebracht hatte? War er mit elf Jahren an Progerie gestorben, als Greis? Oder begann jetzt gerade alles von Neuem? Beeinflusste sie gerade die Vergangenheit mit ihrer Reise in die Zukunft? Emma schwirrte der Kopf, und dabei hatte sie nur eine Frage an diesen Typen gestellt, der da vor ihr stand und vermutlich die Welt nicht mehr verstand – wie sie selbst.

Emma ging das Szenario durch, das ihr Vater durchgespielt hatte und an das sie sich möglichst genau halten sollte. Also, nächste Frage. »Bist du allein?«, fragte sie jetzt auch auf Deutsch.

»Ja, in der Nachtschicht immer«, antwortete Muller.

Das hatte ihr Vater gehofft. Zu einer Zeit ankommen, in der möglichst wenig Leute anwesend waren. Am besten gar keine, wobei sie dann vielleicht im Gebäude festgesessen hätte. Sie musste ihn jetzt nur dazu bringen, ihr zu helfen.

»Ich heiße Emma«, sagte sie und hob die Hand.

»Tim.«

»Hallo Tim«, Emma schätzte ihn auf siebenundzwanzig. »Bist du Deutscher?«, fragte sie.

»Nein, Amerikaner.«

»Und woher kannst du so gut Deutsch?«

»Von meiner Großmutter. Sie ist Deutsche und hat mich immer ihre Sprache gelehrt, wenn ich bei ihr war – und das war sehr oft.«

»Okay. Super. Was für ein Glück! Und übrigens, ich komme aus der Vergangenheit«, sagte Emma wie beiläufig, als wäre es das Normalste auf der Welt.

»Aber das kann nicht sein«, Tim schüttelte den Kopf. »Es gibt keine Möglichkeit, Menschen durch die Zeit zu schicken.«

Emma lächelte. »Wie du siehst, gibt es diese Möglichkeit doch.«

Tim sah sie verständnislos und ungläubig an. Klar, er

hatte den Zeitsprung gerade selbst gesehen, aber es konnte einfach nicht sein. »Aber wie? Wir forschen schon Jahrzehnte daran und es ist noch nicht gelungen. Wer bist du?«

»Wie? Keine Ahnung! Wer ich bin? Emma Laurent. Die Tochter von Dr. Lukas Laurent.« Sie beobachtete Tim, ob er eine Reaktion auf den Namen ihres Vaters zeigte, aber sie konnte nichts erkennen. »Mein Vater arbeitet auch hier bei dieser Firma. Oder hat hier gearbeitet – vor fünfzig Jahren.«

»Vor fünfzig Jahren? Du kommst aus dem Jahr 2037?« Tim setzte sich auf seinen Stuhl. So etwas Unglaubliches hatte er noch nie gehört, und er arbeitete schon für die unglaublichste Firma der Welt.

»Ja! Vor ein paar Minuten saß ich noch meinem Vater gegenüber, genau in diesem Raum, oder wie er damals eben war, und jetzt…« Emma kam ins Stocken, wieder übermannt von ihren Gefühlen.

Kopfschüttelnd fragte Tim: »Und warum? Warum schickt dein Vater dich fünfzig Jahre in die Zukunft?«

»Weil ich krank bin! Ich und mein Bruder sind todkrank!« Emma wischte sich ein paar Tränen weg. »Für wie alt hältst du mich?«

Tim Muller schaute dieses blonde Mädchen an, das an einigen Stellen schon graue Haare hatte. Er konnte sie nicht schätzen. Ausgeschlossen! Sie war jung, jünger als er selbst, aber gleichzeitig auch älter. Er konnte es sich nicht erklären.

»Du weißt es nicht, oder?«, fragte Emma.

Er schüttelte den Kopf. »Nein, du bist echt schwer zu

schätzen. Ich sage einfach mal einundzwanzig.« Tim lächelte und hoffte, dass es ein Kompliment war.

»Sechzehn! Ich bin sechzehn Jahre alt.«

»Du siehst älter aus. Vielleicht liegt das an den grauen Haaren. Meine Tante hat mit dreißig schon graue Haare bekommen, färbt sie aber seitdem.« Er zuckte mit den Schultern.

»Ich bin krank, wie ich schon sagte. So etwas Ähnliches wie Progerie, falls du das kennst.« Aber Tim schüttelte erneut den Kopf. »Das haben ich und mein Bruder seit einer Zeitreise in die Vergangenheit.«

»Du bist auch in die Vergangenheit gereist? Das gibt es doch nicht!«

»So langsam wird es zur Gewohnheit«, sagte Emma sarkastisch. »Meine Eltern hoffen, dass es eine Heilung gibt, für das, was ich und mein Bruder Felix haben. Und zwar im Hier und Heute. Fünfzig Jahre in der Zukunft.«

Muller hob die Augenbrauen an. »Keine Ahnung! Aber die Chance ist hoch, denke ich. Wir haben alle möglichen Krankheiten in den letzten Jahrzehnten besiegt. Die meisten Krebsarten zum Beispiel.«

»Können wir das irgendwo nachschauen? Im Netz?«

»Meinst du mit Netz das ehemalige Internet?«

»Gibt es etwa kein Internet mehr?«, fragte Emma erschrocken.

»Doch schon, es gibt jetzt aber im großen WGN mehrere kleine Netze.«

»WGN? Habe ich noch nie gehört.«

»World Global Net. Und in diesem gibt es verschiedene

Unternetze, zu denen nicht jeder Zugang hat.«

»Es sei denn, man zahlt dafür, oder?« schlussfolgerte Emma.

»Nicht unbedingt. Privatpersonen haben keinen Zugang zum Netz für Firmen, in dem das ganze Business abgewickelt wird.«

»Das würde mich auch nicht unbedingt interessieren«, sagte Emma. »Bin mehr für Entertainment.« Sie lächelte. »Und welches brauchen wir?«, fragte sie.

»Ich probiere es mal im Firmennetz. Das haben wir gleich.« Tim drehte sich zur Bedienkonsole und tippte auf der Tastatur herum. Der große Bildschirm vor ihm zeigte ein Eingabefeld. »Nach was sollen wir also suchen?«, fragte er.

»Gibt es vielleicht ein Verzeichnis von allen nicht heilbaren Krankheiten? Das geht bestimmt schneller als andersherum«, meinte Emma.

Tim gab Zeige alle nicht heilbaren Krankheiten auf in das Feld ein. Sekundenbruchteile später standen auf dem Bildschirm zwölf Wörter. Das siebte lautete Progerie.

Sie war geschockt. Nichts anderes. Es war nicht heilbar. Sie war todkrank und es gab kein Mittel dagegen. Sie konnte weder sich noch Felix helfen. Es war alles umsonst. Die Gedanken rasten durch ihren Kopf und sie konnte immer nur Fetzen davon einfangen. Ohne Struktur, aber um ein Detail kreisend – nicht heilbar. Zwei Worte, die sich in ihre Hirnrinde einbrannten.

»Das sieht nicht gut aus«, sagte Tim und betrachtete

Emma von der Seite, die auf den Bildschirm starrte.

»Zwölf Krankheiten nicht heilbar, und ich muss eine davon haben. Ich und mein Bruder.« Emmas Resignation war vollkommen und sie wusste nicht weiter.

»Und was willst du jetzt machen?«, fragte Tim.

»Schick mich wieder zurück und dann werde ich dort sterben. Zusammen mit Felix.« Sie fing an zu schluchzen und wurde dann von einem heftigen Weinkrampf durchgeschüttelt. Tim kam etwas näher auf seinem Bürostuhl herangerollt und nahm sie ungelenk in den Arm. Emma legte ihren Kopf an seine Schultern und weinte. So saßen sie mehrere Minuten, bis sich Emma etwas beruhigt hatte.

»Und wenn du noch weiter in die Zukunft reist, vielleicht ist es ja in hundert Jahren möglich, die Krankheit zu besiegen.«

Emma schüttelte den Kopf. »Ich reise nur noch einmal in der Zeit, und das ist zurück zu meiner Familie. Ich will einfach nicht mehr. Wenn das mein Schicksal ist, dann soll es so sein.«

Tim sagte nichts und schaute stattdessen auf die Uhr auf dem Bildschirm. »Meine Schicht endet bald, wir müssen uns also beeilen.«

»Okay«, sagte Emma nur. Was konnte sie schon noch tun? Weder konnte sie die Maschine bedienen noch Tim helfen, irgendetwas vorzubereiten. Und sich auf ihren Vater verlassen. Natürlich. Sie beobachtete Tim, der jetzt etwas am Bedienpult eingab. Obwohl sie ihn erst ein paar Minuten kannte und sie eigentlich Lichtjahre trennten, hatte Emma sofort Vertrauen in ihn gehabt. Und dieses Vertrauen wurde jetzt wieder auf eine harte Probe gestellt, indem sie ihr Leben in seine Hände begab.

Tim drehte sich wieder zu Emma. »Ich weiß gar nicht, was ich machen soll«, sagte er. »Diese Maschine kann keine Menschen durch die Zeit schicken. Wir schicken doch nur Gegenstände.«

Auf diese Frage war sie von ihrem Vater vorbereitet worden, denn es war die naheliegendste. »Keine Sorge, es wird funktionieren«, sagte Emma.

»Aber wie kannst du das wissen? Wir haben es noch nie geschafft.«

»Ich vertraue auf meinen Vater. Die Programmierung ist seit fünfzig Jahren im System und wurde heute das erste Mal aktiviert. Er hat es fest im Ursprungsprogramm verankert, sodass es weder gelöscht noch verändert werden konnte.«

Tim schaute Emma erstaunt an. »Du meinst heute vor fünfzig Jahren, oder?«

»Genau! Ihr habt es wahrscheinlich noch nie versucht, oder?«

»Was versucht?«

»Na, einen Menschen durch die Zeit zu schicken.«

»Nein, natürlich nicht. Das Problem liegt in der DNA. Die einzelnen Sequenzen beim Zeitsprung zerlegen ja quasi alles in Einzelteile und die müssen nach dem Sprung wieder zusammengesetzt werden – und zwar richtig, innerhalb von Sekundenbruchteilen. Und diese Möglichkeit gibt es bis jetzt noch nicht...« Er ließ den Satz unvollendet und

Emma sah, wie es wieder in ihm brodelte.

»Doch, Tim. Gibt es. Seit fünfzig Jahren. Es wird klappen. Aber du hast recht mit dem DNA-Problem. Das hatte mein Vater auch und wahrscheinlich ist das auch der Grund für die Krankheit von Felix und mir.«

Tim schüttelte den Kopf. »Das ist so unglaublich«, sagte er, »und wir glauben hier sehr viel.«

»Starte einfach die Maschine und du siehst mich nie wieder.« Tim schaute sie mit großen Augen an. »Oder vielleicht doch. Vielleicht komme ich in fünf Jahrzehnten hier mal vorbei.« Emma schaute auf die Uhr. »Deine Schicht endet um Mitternacht sagtest du?« Ihr war gerade ein Gedanke gekommen, eine Idee, oder nur eine Theorie. Auf jeden Fall die Chance, die sie möglicherweise rettete. Sie und ihren Bruder.

»Ja. Warum?«

»Dann halt nachher mal die Augen offen, wenn du nach Hause gehst. Vielleicht warte ich auf dich.«

»Wie sollst du auf mich warten können? Ich schicke dich zurück in der Zeit.«

»Halt einfach Ausschau. Versprich es mir.«

»Ich verspreche es.« Er hob die Hand wie zum Schwur.

»Danke!« Emma zögerte kurz, bevor sie weitersprach. »Löst dich nach deiner Schicht noch jemand ab?«, fragte sie.

»Nein, ich bin der Letzte heute. Die Frühschicht beginnt erst um sieben Uhr. Warum?«

»Weil ich neugierig bin. Auf die Zukunft. Auf jetzt.«

»Aber du musst doch wieder zurück, ich kann dir nicht helfen.«

»Ja, klar. Aber wenn ich doch schon einmal da bin. Und wenn ich es vielleicht im richtigen Leben nicht schaffe, so alt zu werden, dass ich das Jahr 2087 erlebe, so habe ich jetzt die Chance, wenigstens ein bisschen davon zu sehen.« Emma nahm die Hand von Tim und ihre Blicke trafen sich. »Bitte«, sagte sie leise. Tim zog seine Hand weg und schaute etwas irritiert.

»Ähm«, er räusperte sich. »Okay. Ich zeige dir die Zukunft. Und ich kann nur beten, dass ich das irgendwie erklären kann, wenn ich hier mit dir rausspaziere und wir gefilmt werden.«

»Also, wenn es ein zu großes Risiko ist, dann lassen wir es lieber. Ich will nicht, dass du Probleme bekommst.«

Tim winkte ab. »Mir wird schon was einfallen.«

»Genial! Also los.« Emma stand auf. »Lass uns keine Zeit verlieren.«

Tim stand auch auf und schaute sich um. »Ach was soll's! Ich muss noch ein bisschen aufräumen und dann kann es losgehen.«

Emma schaute Tim zu, wie er die Systeme herunterfuhr und alles für die Frühschicht vorbereitete. Dann ging er zu einem Schrank in der Ecke, holte einen Pullover heraus und kramte noch eine Mütze aus einem Fach hervor. »Probier mal auf«, sagte Tim und schmiss ihr die Mütze zu.

Emma fing die Mütze und setzte sie sich auf. «Passt!«

»Dann halt mal ein bisschen den Kopf unten, wenn wir durch das Gebäude gehen. Vielleicht hilft es was.«

DIE ZUKUNFT IST JETZT

Tim trat aus dem Gebäude des Bangalore-Timeshift-Projects und hielt Emma die Tür auf. Sie hielt einen Moment inne, als sie genau auf der Türschwelle stand. Noch ein Schritt und ich bin in der Zukunft – ein kleiner Schritt, dachte sie.

»Du zögerst?«

»Ja, weiß auch nicht warum. Irgendwie ist es ein komisches Gefühl. Im Haus war das anders, aber jetzt hier draußen... Echt komisch.« Sie trat in die schwüle Dunkelheit von Bangalore. Der Platz vor dem Gebäude war eine mit Gehwegen durchzogene Grünanlage. Kleinere Hecken umrandeten Grasflächen, in denen Palmen sich in einem leichten Wind bewegten. Von einem Parkplatz war weit und breit nichts zu sehen. »Habe ich irgendwie anders in Erinnerung«, sagte Emma.

»Was denn?«, fragte Tim.

»Diesen Platz hier. Vorhin, vor fünfzig Jahren, waren hier noch Parkplätze.«

»Wir brauchen keine Parkplätze. Es gibt nur eine Anlieferrampe an der Rückseite, sonst nichts.«

»Kommt ihr alle mit öffentlichen Verkehrsmitteln?«

Tim machte ein fragendes Gesicht.

»Busse, Straßenbahnen?«

»Ach, das meinst du. Ja, wir kommen fast alle mit dem Bus.«

»Hat keiner mehr ein Auto?«

»Autos? Privat, meinst du?«

Emma nickte.

»Nein, schon lange nicht mehr. Als ich noch ein Kind war, so vor zwanzig Jahren, gab es noch vereinzelt Autos im Privatbesitz, aber heute nicht mehr.«

»Wow! Ist das nur in Indien so oder überall?«, fragte Emma.

»Ich glaube fast auf der ganzen Welt. Nur in Deutschland haben viele noch ein Auto. Die sind da unverbesserlich.« Tim lachte.

»Das glaube ich.« Emma musste auch lächeln.

»Und Taxis gibt es auch noch«, ergänzte Tim. »Wenn mal kein Bus fahren sollte. Und natürlich hat die Polizei auch noch Autos.«

Sie hatten die Grünanlage durchquert und standen jetzt an einer schmalen Straße. Gegenüber war eine Bushaltestelle, auf die Tim jetzt zusteuerte.

»Da kommen aber keine zwei Busse aneinander vorbei«,

sagte Emma, als sie die vielleicht drei Meter breite Straße überquert hatten.

Tim lachte wieder. »Das brauchen sie auch nicht. Hier geht es nur in eine Richtung.« Er ging zu einem Display, das an der Seitenwand der Haltestelle angebracht war und weckte es aus seinem Ruhezustand. Emma trat neugierig zu ihm heran.

»Kommt gleich einer«, sagte Tim und zeigte auf eine Liste.

»Ja, und dann gleich noch einer und noch einer«, wunderte Emma sich. »Es ist mitten in der Nacht und da kommen alle zehn Minuten Busse?«

Tim schaute wieder verständnislos. »Ja, warum auch nicht?«

»Weil es schon so spät ist«, erwiderte Emma. »Und weil nachts vielleicht auch nicht so viele Fahrer zur Verfügung stehen.« Auch jetzt erntete Emma nur einen fragenden Blick von Tim.

»Da kommt er«, sagte Tim und zeigte die Straße hoch.

Emma sah einen Bus auf sie zukommen, in dem vielleicht vierzig Personen Platz hatten, schätzte sie. Die Scheiben waren komplett getönt, sodass sie nicht erkennen konnte, ob jemand darin saß. Der Bus hielt, die Türen gingen auf und Tim stieg ein, dicht gefolgt von Emma. Tim setzte sich in die zweite Reihe und schaute Emma zu, wie sie erstaunt an dem Platz stehenblieb, der normalerweise für den Busfahrer vorgesehen war. Den gab es aber gar nicht. Emma drehte sich zu Tim um. »Äh«, sie zeigte nach vorne, »wo ist der Fahrer?«

Tim lachte. »Kein Fahrer. Ich glaube, ich habe den letzten Busfahrer gesehen, da war ich fünf.«

»Oh!«

»Du musst dich hinsetzen, Emma, sonst geht es nicht los.«

»Okay.« Emma setzte sich zu Tim, prompt schloss sich die Tür und der Bus setzte sich augenblicklich in Bewegung. »Bei uns gibt oder besser gesagt gab es auch Autos, die alleine fahren«, sagte Emma, »aber da saß immer noch ein Fahrer drin, der eingreifen konnte.«

»Das geht hier alles vollautomatisch. Da braucht man keine Fahrer mehr.«

»Und ist das sicher?«

»Klar! Keine Angst, es wird nichts passieren. Wir werden hier aber auch keine Geschwindigkeitsrekorde aufstellen... Ist übrigens auch kostenlos.«

»Klar«, meinte Emma trocken.

Der Bus fuhr mit 30 km/h durch Electronics City, hielt an Haltestellen, an denen jemand stand, und fuhr an solchen vorbei, wo niemand zusteigen wollte.

»Der Bus weiß, an welcher Haltestelle jemand steht«, stellte Emma fest.

»Ja, schlaues Kerlchen«, lachte Tim. »So, bei der nächsten müssen wir raus.«

»Und wie geht es dann weiter?«

»Meine Wohnung liegt in Yeswanthpur, das ist im Norden.«

»Im Norden? Da brauchen wir ja ewig!«

»Ca. neunzig Sekunden reine Fahrtzeit«, meinte Tim.

»Keine Ewigkeit.«

»Wie soll das denn gehen?«, fragte Emma ungläubig.

»Wart's mal ab. Wir sind gleich da.«

Der Bus hielt an und Tim, Emma und drei andere Fahrgäste stiegen aus. Sie folgten Schildern, die einen futuristischen Zug zeigten und gelangten in eine Art Bahnhof, so vermutete Emma. Tim ging an einen Ticketschalter und löste zwei Fahrkarten.

»Doch nicht alles umsonst«, merkte Emma an, als Tim ihr das Ticket gab.

»Nein, vor allem nicht der Bangalore-Hyper.«

»Bangalore-Hyper?!«, Emma grinste, »ich kann's kaum erwarten.« Emma stellte sich neben Tim und wartete mit einem Dutzend anderer Fahrgäste vor einer metallisch glänzenden Röhre. »In welche Richtung geht es?«, fragte sie.

»Da lang.« Tim zeigte nach links und Emmas Blick folgte der, von Strahlern beleuchteten, Röhre, bis sie hinter einem Gebäude verschwand. »In Downtown hält der Hyper und dann geht es weiter bis zum Flughafen.«

»Und du fährst jeden Tag mit diesem Teil?«

»Nein, das könnte ich mir auf Dauer nicht leisten. Ist zwar nicht so richtig teuer, aber geht doch ins Geld. Das ist nicht für meine Gehaltsklasse. Ich nehme die Monorail. Die ist zwar deutlich langsamer, aber eben auch deutlich billiger.« Tim hob die Hand. »Er kommt.«

Emma vernahm ein leises Rauschen, das aber schnell lauter wurde, sehr schnell sogar und dann unvermittelt erlosch. Sie schaute fragend zu Tim, als sich die Röhre auf die komplette Länge der Haltestelle öffnete, indem sie auf irgendeine wundersame Art und Weise nach hinten glitt. Emma fühlte sich wie in einem Science-Fiction-Film, und irgendwie stimmte das ja auch, als sie das zylinderförmige, völlig glatte und ebenmäßige Fahrzeug vor sich stehen sah. Ein paar Meter neben ihnen öffnete sich eine bis jetzt unsichtbare Tür und die ersten Fahrgäste stiegen ein.

»So, wir sollten dann auch mal.« Tim schob Emma in Richtung der Öffnung.

»Bist du sicher?«, fragte Emma, ging dann aber doch zur Tür. Sie schaute auf ihr Ticket und betrat dann den Hyper.

»Wir müssen nach rechts«, hörte sie Tim sagen.

»Okay. Ich hab Sitz 22d. Hoffentlich ein Fensterplatz«, Emma lachte.

»Mit Weitblick!« Tim setzte sich auf 22c. »Du musst dich anschnallen.« Er zeigte auf einen Knopf, der auf der rechten Armlehne von Emmas Einzelsitz angebracht war.

»Da ist doch gar kein Gurt«, rätselte Emma und drückte auf den Knopf. Am oberen Ende des Sitzes kam eine Halterung zum Vorschein, die aufklappte und einen Gurt freigab. Emma nahm ihn, zog ihn quer nach vorne und steckte ihn in das linke Schloss, nachdem Tim darauf gezeigt hatte.

»Jetzt noch die andere Seite«, meinte Tim und zeigte nach rechts oben an Emmas Sitz.

»Ist das nicht etwas übertrieben«, fragte Emma, »wir fahren doch keine Looping-Achterbahn.«

»Keine was?«

»Gibt es etwa keine Achterbahnen mehr im Jahr 2087?«

»Keine Ahnung. Hab ich jedenfalls noch nie gehört«, antwortete Tim. »Aber die Gurte sind sehr nötig. Wirst du gleich sehen bzw. spüren.«

»Dann bin ich aber gespannt«, sagte Emma mit einem leicht mulmigen Gefühl im Bauch.

Im gleichen Moment dimmte das Licht runter und ein Signal war zu hören.

»Bei fünf geht's los«, sagte Tim.

In Gedanken zählte Emma mit. Zwei, drei, vier und war kaum bei fünf angekommen, als sie mit ungeheurer Kraft in ihren Sitz gepresst wurde. Die Beschleunigung war enorm und Emma brachte nur ein »What the…« heraus. Dann war der Druck auch schon wieder vorbei und sie entspannte.

»Schau mal auf die Geschwindigkeitsanzeige«, sagte Tim und zeigte auf ein Display an einem Sitz vor ihnen.

»1198 km/h?« Emma konnte es nicht glauben. »Und das in ein paar Sekunden?«

»Tja, das ist Reisen im Vakuum kurz unter der Schallgeschwindigkeit. Aber ist gleich vorbei.« Kaum hatte es Tim ausgesprochen, als Emma den beginnenden Bremsvorgang spürte. »Next Stop Downtown Bangalore« quäkte eine Stimme aus einem Lautsprecher über ihnen und mit einem kaum spürbaren Ruck blieb der Hyper stehen und die Türen gingen auf.

»Wir können sitzen bleiben«, sagte Tim.

»Au ja, ich will noch mal«, begeistert hob Emma ihren linken Daumen.

Die Sitzreihen füllten sich jetzt fast komplett und kurze

Zeit später hörte Emma wieder das Signal. Mit einem Grinsen von einem Ohr zum anderen erwartete Emma das fünfte Signal und ließ die Beschleunigungskräfte ganz entspannt auf sich wirken.

Sie fuhren mit dem Hyper bis zum Flughafen, lösten dann zwei Tickets für die Bangalore Monorail und stiegen in der Nähe von Tims Wohnung in Yeswanthpur aus. Emma folgte Tim durch den Bahnhof und war erstaunt, dass nur wenige Menschen die große Halle bevölkerten. »Nicht viel los«, sagte sie.

Tim drehte sich zu ihr. »Ja, es ist aber auch schon spät. Aber du wirst sehen, das ändert sich gleich.«

Sie verließen die Station durch einen Nebeneingang und traten hinaus in die Schwüle der Nacht. Die Straße oder Fußgängerzone, wenn es so etwas überhaupt noch gab, rätselte Emma, oder was auch immer, war dicht bevölkert und der Strom der Passanten umfloss sie und Tim, wie die reißende Strömung einen Granitfelsen in der Mitte eines Flusses.

»Oh, mein Gott!« Emma stand mit offenem Mund neben Tim und schaute nach oben. Vor ihnen lag Yeswanthpur wie eine Wand aus Stahl und Beton, die unendlich weit in den Himmel ragte. Sie legte den Kopf in den Nacken, konnte aber trotzdem nicht erkennen, wo die Wolkenkratzer endeten und der Sternenhimmel begann. Fast alle Gebäude waren mit riesigen Monitoren an den Fassaden versehen, auf denen Werbung gezeigt wurde. Wieder schoss ihr Science-Fiction durch den Kopf und sie fühlte sich wie in einem Kino in München, nur, dass neben ihr nicht Sarah saß und mit ihr einen Eimer Popcorn verdrückte, sondern Tim Muller stand, ein Mann, der nach ihrer Zeitrechnung erst in ca. zwei Jahrzehnten geboren wird.

»Wie hoch sind die?«, fragte Emma, immer noch den Kopf im Nacken.

»Der höchste in Yeswanthpur hat über siebenhundert Meter, aber in Bangalore Downtown steht einer mit neunhundertfünfzig Metern.«

»Wahnsinn! Und weltweit?«

»Keine Ahnung!«, sagte Tim ehrlich. »Weit über einen Kilometer, aber ich weiß es wirklich nicht.«

»Unglaublich! Wohnst du auch in einem Wolken-kratzer?«, fragte Emma neugierig.

»Das wirst du bald sehen«, antwortete Tim. »Hast du Hunger?«

»Wie ein Wolf!« Wie auf Kommando, begann Emmas Magen zu knurren.

»Wie ein Wolf«, wiederholte Tim und lächelte Emma an. »Dann komm mit. Hier gibt es super Street-Food.« Er nahm Emmas Hand und zog sie über die Straße.

»Das gab's bei uns auch schon«, sagte Emma.

»Was?«

»Na, Street-Food!«

»Okay! Dann schauen wir mal, ob sich was daran geändert hat.« Sie drängelten sich durch die Menschen-masse, die Emma vorkam, als seien alle Rassen und Nationen hier auf dieser Straße zwischen der Monorail-Station und dem Gebirge aus Stahl vereint. »Hier entlang«, sagte Tim und sie stellten sich hinter einen kleinen Pulk aus Menschen, die alle in das gegenüberliegende Gebäude wollten. Irgendwo weiter vorne löste sich dann der Stau auf und sie wurden in das Gebäude gezogen, ob sie nun gewollt hätten oder nicht. »Schau nach oben«, sagte Tim, als sie aus dem Menschenstrom ausgebrochen waren und stehen blieben.

»Was?«, fragte Emma, die vor lauter Eindrücken nicht auf Tim geachtet hatte.

»Nach oben schauen«, forderte Tim Emma noch einmal auf und Emma bekam den Mund nicht mehr zu. Sie standen unter einer riesigen länglichen Kuppel, die hundert Meter über ihren Köpfen ihr Dach unendlich weit nach vorne streckte. Laserblitze zuckten durch die Kuppel und es war alles von einem fast ohrenbetäubenden Lärm aus Musik und Geschrei durchdrungen. Emma sah Reihen von kleinen Läden, die irgendwelche Dienstleistungen anboten, neben riesigen Shops für Bekleidung und Elektronikartikeln, unterbrochen von unzähligen Imbissen und Restaurants. Und dies alles erstreckte sich über die komplette Gebäudelänge und über mehrere Stockwerke.

»Ist hier immer so viel los?«, fragte Emma.

»Ja, hier ist das ganze Jahr über Party.« Tim lachte. »Und ich muss hier jeden Tag durch.«

»Wahrscheinlich dein kürzester Weg, oder?«, folgerte Emma.

»Ja, genau. Immer mitten durch!«

Sie durchquerten das Gebäude der Länge nach, wurden am Ende wieder ins Freie gespült und wandten sich dann nach rechts.

»Auf was hast du Appetit?«, fragte Tim, als sie an einer Reihe von mobilen Essensständen vorbeigingen, die auf dem Gehweg standen.

»Keine Ahnung«, sagte Emma. »Irgendwas, was satt macht und wovon ich keinen Durchfall bekomme.«

Tim grinste schräg. »Probleme mit dem indischen Essen?«

»Hatte leider noch keine Gelegenheit, mich richtig daran zu gewöhnen«, antwortete Emma. »Mir kommen da immer Zeitreisen dazwischen.«

»Dann schauen wir mal, ob wir für dich was finden.« Tim orientierte sich kurz und ging dann zielstrebig an einen Stand.

Fünfzehn Minuten und zwei Portionen Chicken Biryani später lehnte sich Emma an die Hauswand. »Das war echt gut und nicht zu scharf«, sagte sie.

Tim lächelte. »Ich hab dem Koch einen kleinen Tipp gegeben, dass er etwas weniger scharf würzt.«

Emma hob den Daumen und trank einen Schluck aus ihrer Wasserflasche. »Ich wusste gar nicht, dass es hier auch so viele Fleischgerichte gibt – bei den Massen an Vegetariern.«

»Doch! Es gibt sehr gute indische Mahlzeiten mit Fleisch. Indien hat zwar prozentual gesehen die meisten Vegetarier weltweit, aber ich kenne viele Inder, die Fleisch essen.«

»Außer die Kühe«, fügte Emma an.

»Ja, mit Rindfleisch kann man hier nicht punkten«, lachte Tim.

»Und wie geht es jetzt weiter?«

»Wie du willst. Entweder noch Nachtleben oder wir gehen zu mir.«

Emma wiegte den Kopf und musste dann gähnen. »Ich glaube etwas Schlaf würde mir ganz guttun«, sagte Emma. »Bin schon fünfzig Jahre wach.«

»Okay. Zehn Minuten Fußmarsch und wir sind bei mir.«

»Das hört sich gut an.« Emma stieß sich von der Wand ab, da sie schon in einer bedenklichen Schräglage dagestanden war. »Und wo geht's lang?«

Tim zeigte in die Richtung, aus der sie gekommen waren. »Da vorne geht es in die Seitenstraße rein, dann die nächste links und dann haben wir es fast schon geschafft.«

»Dann los!« Emma schlängelte sich durch die Menschen und Tim hatte Mühe, ihr zu folgen.

Zwölf Minuten später gingen sie durch die Eingangstür des Gebäudes, in dem sich Tims Wohnung befand. In der kleinen Lobby befand sich eine Theke für den Portier, die aber nicht besetzt war. Tim ging zielstrebig zum Aufzug und Emma folgte ihm müde.

»In welchem Stockwerk wohnst du?«, fragte sie, als sich die Aufzugstüren hinter ihnen geschlossen hatten.

»Im 87.«, antwortete Tim und sah aus den Augenwinkeln den verblüfften Gesichtsausdruck von Emma. »Ich weiß, ganz schön weit oben.«

»Und wie hoch ist das?«, fragte Emma.

»Fast dreihundert Meter«, antwortete Tim. »Und die Aussicht wäre grandios, wenn nicht so viele andere Hochhäuser im Weg stehen würden.«

»Oh, schade!«, sagte Emma.

»Na ja, ein bisschen was sieht man schon. Wirst du ja gleich sehen.«

Der Aufzug stoppte sanft und sie gingen in einen langen Gang, der zu den Appartements führte. An der vorletzten Tür blieb Tim stehen und hielt eine kleine Karte an einen Sensor. Die Tür glitt in die rechte Wand und sie gingen hinein. Emma schaute sich in der Wohnung um. Nicht sehr futuristisch, dachte sie und war etwas enttäuscht. Sie wusste nicht genau, was sie erwartet hatte, aber irgendwie sah die Wohnung auch nicht spektakulärer aus, als vor fünfzig Jahren. Ein kleiner Gang führte von der Tür direkt ins Wohnzimmer, in dem sich auch eine Kochecke befand.

»Ins Badezimmer geht es gleich rechts neben der Wohnungstür«, erklärte Tim. »Auf der anderen Seite ist mein Schlafzimmer. Das war's.«

»Passt doch«, sagte Emma, da ihr nichts Besseres einfiel.

»Aber das Highlight kommt noch.« Tim zeigte auf eine hellgraue Wand, die eine ganze Seite des Wohnzimmers einnahm. »Stell dich mal ganz nah an die Wand«, forderte Tim Emma auf. Sie ging auf die Wand zu und blieb so stehen, dass sie sie fast mit der Nasenspitze berührte. »Clear«, sagte er und die graue Wand begann erst kurz zu schimmern und wurde dann auf einen Schlag komplett durchsichtig. Erschrocken stieß Emma einen Schrei aus und sprang zwei Schritte zurück. »Keine Angst, du fällst nicht runter«, lachte Tim.

»Wow! Was ist das denn?!« Emma wechselte kurz einen Blick mit Tim und ging dann mit ausgestreckten Armen nach vorne, bis sie einen Widerstand spürte. »Was ist das?«, fragte sie noch einmal.

»Pure Magie!« Tim trat neben Emma und blickte wie sie nach unten. »Die Innenseite der Außenwand besteht aus einer hauchdünnen Schicht von irgendwelchen Flüssigkristallen, ganz genau kann ich es dir aber nicht erklären. Ich benutze es nur…«, Tim lachte. »In diesem Fall übertragen die Außenkameras das Bild der Umgebung auf die Innenseite. Wahnsinn, oder?«

»Und ob!« Emma schaute fasziniert über die Dächer des nächtlichen Bangalore. »Da erübrigt sich jeder Balkon.«

»Der wäre in dieser Höhe auch etwas zugig«, ergänzte Tim.

Emma stand schweigend neben Tim. Wenn doch Mama, Papa und Felix das alles sehen könnten, dachte sie. Papa wäre wahrscheinlich komplett begeistert, Felix würde ausrasten und Mama lächelnd danebenstehen und genießen. Aber… Emma riss sich mit aller Macht aus ihren Gedanken. »Und was kann diese Wand noch?«, fragte sie. »Das ist doch nicht alles, oder?«

Tim schaute sie an und musste wieder lachen. »Nein, das ist nicht alles. Klar kann die noch was! Setz dich mal«, forderte er sie auf, ging zu einem Sideboard und nahm einen kleinen Bügel. »Ocean!«, sagte er dann und augenblicklich verwandelte sich die Aussicht auf Bangalore in eine stürmische Wasseroberfläche mit meterhohen Wellen und schäumender Gischt. Aus Lautsprechern, die Emma aber weder sehen noch orten konnte, kamen Sturm- und Wellengeräusche und sie fühlte sich, als ob sie mit einer Nussschale mitten auf dem Ozean in einen Orkan geraten war.

»Submarine!«, hörte Emma Tim rufen und die Wand veränderte sich erneut. Vom tosenden Sturm ging es hinunter in die Tiefe des Ozeans. Ein riesiger Schwarm Fische kam von rechts geschwommen und verschwand auf der anderen Seite wieder in der Dunkelheit. Ein Krake machte Jagd auf einen kleinen Fisch und schoss nach unten in die Schwärze der Tiefsee.

»Unglaublich!«

»Und das Beste ist«, sagte Tim, »wenn man das nächste Mal Submarine sagt, ist es eine vollkommen andere Szenerie.«

»Hab ich nicht anders erwartet«, sagte Emma und lachte. »Und wahrscheinlich kannst du mit dem Ding an alle Orte der Welt reisen, oder?«

»Versteht sich von selbst«, antwortete Tim.

»Und das alles macht das kleine Ding da in deiner Hand?«, fragte Emma und zeigte auf den Bügel.

»Das da?«, er hob den Bügel hoch, »nein, das macht was ganz anderes.« Er gab den Bügel Emma und bedeutete ihr, ihn aufzusetzen. »Das ist YIH«.

Emma nahm ihn entgegen. »Hallo YIH!« Sie setzte ihn sich wie einen Kopfhörer auf.

»Du musst ihn nach vorne setzen«, sagte Tim. Er langte nach dem Bügel auf Emmas Kopf und schob ihn nach vorne auf die Stirn.

»Das ist jetzt aber kein gewöhnlicher Haarreif, oder?«

»Nein, aber was Ähnliches«, grinste Tim.

»Ich hab so eine leise Ahnung«, sagte Emma und war plötzlich total aufgeregt. Ihr Puls beschleunigte und ihre Hände begannen feucht zu werden. »Was heißt YIH?«

»YIH steht für Your Intelligent Hub. Das ist sozusagen mein persönlicher Netzwerkknoten. Nur kann YIH ein bisschen mehr, als nur eine Verbindung ins Virtuelle herzustellen. Deswegen noch das Intelligent. Kommt aus China.«

»Okay. Bin gespannt!«

»Na, dann drück mal auf den kleinen Knopf an der rechten Seite und dann geht's los.« Tim beobachtete, wie Emma mit zittriger Hand den Knopf suchte. »Wenn du gedrückt hast, sag irgendwas.«

»Was soll ich sagen?« Emma hatte den Knopf ertastet, aber noch nicht gedrückt.

»Irgendwas. Wohin du mal willst oder so etwas. Was dir gerade durch den Kopf geht.«

»Okay. Dann drück ich jetzt.« Emma verharrte immer noch mit dem Finger am Knopf. An was soll ich denken, was soll ich sagen? Emma wurde von einer plötzlichen Nervosität gepackt. Dann drückte sie endlich und sagte: »Grimadan!«

»Wow, wow, wow, wow, wow!« Emma schwebte und blickte aus tausend Metern Höhe auf Grimadan hinab. Die Forschungseinrichtung lag im Dunkeln unter ihr und sie konnte rein gar nichts erkennen. Über ihr stand der Mond am wolkenlosen Nachthimmel. Sie drehte sich und sah sich um. Rechts unten waren viele Lichter und Straßenbeleuchtung zu erkennen – war das Névron-en-Provence? Emma war sich nicht sicher. Weiter hinten war eine größere Stadt sichtbar – vielleicht Bastidonne. Das würde passen, dachte Emma. Nur ein kleines Detail fehlte – Grimadan, oder zumindest der größte Teil. Wenn sie nicht ganz orientierungslos geworden war, musste es genau unter ihr liegen, dort war jedoch fast nur schwarze Finsternis. Lediglich am oberen Rand, nahe beim Speichersee, erkannte sie eine große Baustelle mit einigen Gebäuden.

»Sag *Ground* wenn du auf den Boden willst«, flüsterte Tim Emma ins Ohr.

Emma erschrak und riss sich den Bügel vom Kopf. »Mein Gott, hast du mich erschreckt!« Sie pustete durch. »Das ist so real!«

»Ja, der Wahnsinn, oder?«, Tim lehnte sich lächelnd zurück.

Emma antwortete nicht, setzte sich den Bügel wieder auf und augenblicklich war sie wieder im Himmel über Grimadan. Tim beobachtete Emma hinter dem fluoreszierenden Schirm, der ihr Gesicht komplett umschlossen hatte. Ihrem entrückten Blick entnahm er, dass sie sich nicht in Bangalore befand, sondern ganz mit der Welt außerhalb dieses Raumes verschmolzen war. Dann hörte er das Wort *Ground*.

»Wow, wow, wow!« Emma raste auf die Erde zu, so kam

es ihr jedenfalls vor, und rief »Stop!« Sie schwebte über kleinen Bäumen und Büschen, die sich leicht im Wind bewegten. Bäume und Dickicht, dachte Emma, wo einmal eine Forschungseinrichtung gestanden hatte. Wie konnte das sein? »Warum ist alles im Dunkeln? Ist das ein Programmierfehler?«, fragte Emma, ohne den Bügel abzunehmen.

»Nein, warum denn?«, antwortete Tim. »Jetzt ist es doch auch in Frankreich schon dunkel, trotz der Zeitverschiebung.«

»Ja schon, aber ich will ja was sehen. Kann ich nicht einfach sagen, dass es hell sein soll?«, fragte sie.

»Nein. Das geht nicht«, lachte Tim. »Dann musst du morgen früh noch mal hin.«

Emma zog YIH vom Kopf. »Versteh ich nicht«, sagte sie. »Das ist doch nur eine Simulation, die aus irgendeinem Server kommt.«

»Nein, ist es nicht. Du bist gerade wirklich in Frankreich gewesen. Also jetzt natürlich nicht körperlich, aber trotzdem live vor Ort.« Tim schmunzelte angesichts Emmas fragendem Blick.

»Wie soll das denn gehen?«

»It's magic!« Tim lachte. »Das ist jetzt ungefähr zwei Jahre auf dem Markt und man kann mit diesem Teil an fast jeden Ort der Welt gelangen – virtuell zwar, aber man ist live dort. Es ist keine Simulation, sondern mehr eine Projektion.«

»Und das heißt?«, bohrte Emma weiter.

»Durch Tausende von Satelliten wird rund um die Uhr

die Erdoberfläche mit hochauflösenden Kameras erfasst und wenn du jetzt einen Ort besuchen willst, fliegst du quasi mit dem jeweiligen Satelliten mit und zoomst dich zur Erde. Und das alles in Echtzeit.«

»Und ich kann mich da ganz frei bewegen?«

»Ja, nur in Gebäuden funktioniert es nicht. Aber ich glaube, die arbeiten dran.« Tim grinste.

»Okay! Aber so richtig zielgenau ist das Ding nicht. Ich schwebe gerade über einem Wald, wo sich eigentlich Grimadan befinden sollte.«

»Dieses Ding, wie du es nennst, hat eine Fehlerquote von genau 0,0 %. Glaub mir, du bist in Grimadan. Es sei denn, es gibt mehrere Grimadans auf der Welt, dann sähe es natürlich anders aus. Frag einfach mal«, forderte er Emma auf. »Aber auf Englisch«, ergänzte er noch, »und Sensor drücken nicht vergessen.«

Emma überlegte kurz, drückte den Knopf und fragte dann auf Englisch: »Wie viele Orte mit dem Namen Grimadan gibt es auf der Welt?«

»Es gibt nur einen Ort Grimadan im Süden Frankreichs«, antwortete eine weibliche Stimme aus den Lautsprechern im Wohnzimmer.

Emma setzte wieder den Bügel auf und befand sich sofort über dem Boden schwebend in Grimadan. Sie schaute sich um und richtete ihren Blick Richtung Névron-en-Provence, jedenfalls vermutete sie das. Kaum hatte sich der Gedanke an den Nachbarort von Grimadan bei Emma verfestigt schwebte sie darauf zu. »Das ist ja merkwürdig«, sagte Emma, »kann das Ding Gedanken lesen?«

»Ach, hatte ich noch gar nicht erwähnt, oder? Ja, kann es! YIH greift direkt auf die Gehirnströme zu«, antwortete Tim, als wäre das das Normalste auf der Welt.

»Mich wundert hier nix mehr«, sagte Emma und konzentrierte sich wieder auf ihre Umgebung. Als sie über der Ortsgrenze schwebte, sagte sie *Ground* und befand sich eine Sekunde später am Boden. Keine zehn Meter entfernt stand das Ortsschild von Névron-en-Provence. So, wäre das mal geklärt, dachte sich Emma und setzte YIH wieder ab.

»Was ist?«, fragte Tim. »Hast du schon genug?«

»Ja und nein«, antwortete Emma. »Von Grimadan hab ich genug gesehen, da gibt es nicht mehr viel. Aber fliegen würde ich schon noch gerne.«

Tim lächelte. »Kenn ich. Es ist verdammt schwer, sich davon loszureißen. Vor allem wenn man mal alle Funktionen kennt…«

»Kann das Ding denn noch mehr als Gedankenlesen und dich an jeden Ort der Welt bringen?«

»Viel mehr! Das ist das Entertainment-Werkzeug schlechthin und kann alles, was man sich nur so vorstellen und letztendlich bezahlen kann.«

»Teuer?«, fragte Emma.

»Sehr teuer! Die Wohnung hier und dieses Spielzeug«, er deutete auf den Bügel, »kostet mich ungefähr 75 % meines Einkommens, aber«, er zuckte mit den Schultern, »es ist auch jede Rupie wert.« Er hielt Emma seine Hand hin und sie gab ihm den Bügel. Er drehte ihn um und zeigte seinen eingravierten Namen auf der Innenseite.

»Deswegen wohne ich hier und nicht in Electronics City. Dort ist die Ausstattung der Wohnungen mit dieser Technik noch nicht so weit.«

»Hab mich schon gewundert«, sagte sie und musste an Felix denken. Sie hatte auf einmal ein ganz schlechtes Gewissen, weil sie jetzt schon eine gefühlte Ewigkeit nicht mehr an ihre Familie gedacht hatte. »Wenn das nur Felix sehen und erleben könnte«, sagte sie. »Ich glaube, ihr beide wärt beste Kumpels. Felix konnte sich auch immer für den ganzen Technik-Kram begeistern.« Emma stutzte, hatte sie gerade in der Vergangenheit von Felix gesprochen. »Kann, wollte ich sagen. Felix kann sich für Technik begeistern.« Ihr war heiß und kalt. Ich muss zurück, dachte sie. Ganz schnell zurück zu meiner Familie.

Tim hielt Emma den Bügel hin. »Willst du noch etwas anderes ausprobieren?«, fragte er.

»Nein, mir reicht's! Bin jetzt auch ziemlich müde«, antwortete Emma und gähnte wie auf Kommando. »Aber eins muss ich noch wissen,« sagte sie. »Wir müssen noch etwas recherchieren.«

»Okay. Und was?«

»Was mit Grimadan passiert ist. Warum steht da nur noch ein Bruchteil und es sieht dort mehr nach Baustelle aus als nach Forschungseinrichtung?«

»Frag einfach YIH«, sagte Tim. »YIH weiß so ziemlich alles. Du kannst das übrigens auch auf der Wand zeigen lassen. Funktioniert dann wie ein Monitor. Dann brauchst du YIH nicht aufsetzen.«

»Dann machen wir das so.« Emma drückte den Sensor.

»Was ist mit der Forschungseinrichtung Grimadan passiert?«

Sekundenbruchteile später hörten sie die erklärende Stimme aus den Lautsprechern und die Zimmerwand verwandelte sich wieder in eine Projektionsfläche.

Nach einer Minute war es vorbei und Emma lehnte sich zurück. Rückbau, Kernausstieg, Wiederaufforstung, die Schlagwörter des Berichts schwirrten durch ihren Kopf. Und ENFUR, der European Nuclear Fusion Reactor, war gescheitert. Der unerschöpflichen Energiequelle, wie ihr Vater ENFUR einmal genannt hatte, war der Stecker gezogen worden, oder besser gesagt die Gelder entzogen worden. Das war's dann. Und den Rückbau des Atomkraftwerks habe ich noch live miterlebt, schwebend über Grimadan, dachte Emma.

»Und, zufrieden?«, fragte Tim.

»Ja, passt schon. Nicht das, was ich erwartet hatte, aber egal.« Sie gähnte noch einmal herzhaft. »Und jetzt muss ich echt schlafen.«

»Okay. Kein Problem.« Tim stand auf und legte YIH auf den Tisch. »Du kannst in meinem Bett schlafen«, sagte er, »ich nehme die Couch.«

»Sicher nicht«, sagte Emma bestimmt. »Du schläfst schön in deinem Bett und ich auf der Couch.« Sie stand ebenfalls auf. »Ich muss nur noch kurz ins Bad.«

»Na, wenn du meinst. Brauchst du sonst noch etwas?«

»Eine Zahnbürste wäre nicht schlecht. Und eine Dusche.«

Tim schaute Emma fragend an. »Eine Zahnbürste?«

Emma lachte. »Ja, eine Zahnbürste. Das macht man so vor dem Schlafengehen - also normalerweise – früher.« Sie machte eine bürstende Handbewegung und zeigte ihre Zähne.

»Kenn ich nicht. Hört sich mühsam an.«

»Putzt ihr nicht mehr eure Zähne?«, fragte Emma verständnislos.

»Natürlich putzen wir noch unsere Zähne, oder besser gesagt wir lassen sie putzen. Komm mit, ich zeig's dir.« Tim verließ das Wohnzimmer und bog dann im Flur ins Badezimmer ab.

Auf den ersten Blick sieht das Badezimmer jetzt nicht viel anders aus wie bei uns, dachte Emma. Ihr Gastgeber ging zu einem Waschbecken und sie folgte ihm neugierig.

»Da ist deine Zahnbürste«, sagte Tim und zeigte auf eine Kugel, die am Ende einer Metallstange befestigt war. »Ich mach das mal vor, okay?«

»Ich bitte darum«, antwortete Emma mit skeptischen Blick.

Tim berührte hinter der Kugel einen Sensor, beugte sich über das Waschbecken und machte den Mund auf. Die Kugel öffnete sich und gab den Blick auf innen liegende Werkzeuge frei, die Emma an ihren letzten Zahnarztbesuch denken ließen. Auf Tims Gesicht zeigten sich auf einmal rote Linien, wie von einem Laser, und aus dem Inneren kamen jetzt die Werkzeuge tentakelgleich herausgefahren und verschwanden im Mund von Tim. Sekunden später wurden Tims Backen aufgeblasen und er sah aus wie ein Kugelfisch kurz vorm Platzen. Emma hörte ein

Zischen und Sirren und irgendetwas schien auch in Tims Mund zu vibrieren. Dann war der Spuk vorbei, die Werkzeuge kamen wieder zum Vorschein und falteten sich zurück in die Kugel.

Tim nahm einen Becher, füllte ihn mit Wasser und spülte seinen Mund aus. »So, das war's schon.« Tim zeigte seine Zähne. »Blitzblank. Und das alles in Sekunden. So und jetzt du.«

»Ich glaube, dass spare ich mir für das nächste Mal auf. Muss heute mal ohne gehen.« Emma blickte ehrfurchtsvoll auf die Kugel.

»Okay, wie du meinst. Handtücher sind unter dem Waschbecken.«

»Ist das Wasser sauber?«, fragte Emma noch.

»Ja, klar. Wird alles komplett gefiltert und gereinigt. Da musst du keine Angst haben.« Tim verließ das Badezimmer und Emma war seit langer Zeit mal wieder allein. Sie betrachtete sich im Spiegel. Mein Gott, sehe ich alt aus, dachte sie sich. Noch mehr graue Haare und noch schlimmere Augenringe, was aber auch von der langen Nacht herrühren könnte, versuchte sie sich zu beruhigen. Sie holte ein Handtuch aus dem Schrank und blickte zur Dusche. Sieht eigentlich ganz normal aus. Dann wag ich das mal.

Emma blinzelte und öffnete langsam die Augen. Sie hatte richtig gut geschlafen, obwohl sie auf der Couch lag. Die leichte Decke, die Tim bereitgelegt hatte, war vollkommen ausreichend gewesen, trotz der Klimaanlage, die die ganze Nacht gearbeitet hatte. Sie schaute auf ihre Uhr. 7.25 Uhr. Ich glaube, da kann ich mich noch einmal umdrehen, tat's und war auch gleich wieder eingeschlafen.

Emma vernahm ein sanftes Rauschen. Mit geschlossenen Augen blieb sie liegen und hörte den leisen Wellen zu, die an einem flachen, von zerklüfteten Felsen verborgen gehaltenen Sandstrand ausrollten. Was für ein schöner Traum, dachte sie und lächelte in sich hinein.

»Suprabhat!« Tim kam ins Wohnzimmer und schaute erst zu Emma, die in die Decke gehüllt auf dem Sofa lag, und dann zum Strand, mit sich im leichten Wind bewegenden Palmen.

»Suprabhat«, erwiderte Emma den indischen Gruß und setzte sich auf. Auch sie schaute zur Projektion und war erstaunt. »Doch kein Traum«, meinte sie.

»Das ist mein morgendliches Wohlfühlkino. Bin schon oft hier auf der Couch eingeschlafen und dann so geweckt worden.« Er setzte sich in den Sessel. »Willst du noch was zum Frühstück oder gleich etwas zum Mittagessen?«, fragte er.

»Warum? Wie spät ist es denn?«

»Gleich halb zwölf.«

»Was!? So spät? Dann habe ich noch vier Stunden geschlafen.« Sie schüttelte ungläubig den Kopf. »Ich bin nämlich um 7.25 Uhr kurz wach gewesen und gleich wieder eingeschlafen.«

»Dann hast du den Schlaf wohl dringend gebraucht.«

»Scheint so. Wann müssen wir los?«, fragte sie.

»Meine Schicht fängt um 15.00 Uhr an. Aber da kannst du nicht mit. Du musst später nachkommen.«

»Ach so. Ja, klar. Wegen deinen Kollegen.«

Tim nickte. »Ich denke, wenn du um 23.00 Uhr bei uns vor dem Gebäude bist, ist die Gefahr, dass du entdeckt wirst, sehr gering.«

»Und was soll ich bis dahin machen?«

Tim nickte in Richtung des Bügels. »Da wird dir schon was einfallen.« Er lachte. »Was meinst du, schaffst du den Weg von hier nach Electronics City?«

»Denke schon. Ich nehm die Monorail und dann den Bus. Wenn du mir vielleicht noch die Adresse gibst? Nicht dass ich noch verloren gehe.«

»Das wollen wir natürlich nicht.« Tim verzog das Gesicht. »Also, was? Frühstück oder Mittagessen?«

»Beides!«, antwortete Emma. »Ich habe mächtig Kohldampf!«

»Mächtig Kohldampf?« Tim schaute fragend.

»Großen Hunger!«, erklärte Emma.

»Na dann!« Tim sprang auf. »Ab in die Küche.«

»Yes!« Emma stand auf und folgte Tim in die Kochecke des Wohnzimmers.

Emma wartete ungefähr zehn Minuten im Halbdunkel der Grünanlage, als sie endlich Tim an der Eingangstür auftauchen sah. Sie huschte die letzten Meter zur offenen Tür und war drinnen.

»Und, alles klar?«, fragte Tim, als sie wieder an seinem Arbeitsplatz waren.

»Ja, hat alles geklappt.« Emma gab Tim die Chipkarte für seine Wohnung zurück.

»Und jetzt?«, Tim schaute Emma an.

»Jetzt heißt es Abschied nehmen«, antwortete Emma. Sie umarmte Tim. »Danke für alles! Danke für die letzten vierundzwanzig Stunden!«

»Du wirst mir fehlen.« Tim drückte Emma an sich.

»Du mir auch«. Sie löste sich aus der Umarmung. »Also, denk dran, wenn du nachher Feierabend hast. Schau dich um, vielleicht stehe ich irgendwo.« Emma lächelte. »Du musst jetzt nur noch einmal etwas für mich nachschauen und dann schickst du mich zurück! Aber nicht fünfzig, sondern zweiundfünfzig Jahre!«

BANGALORE

Wie immer lächelnd betrat Chandan Kapur seine Arbeitsstätte und grüßte die Kollegen höflich. Da die ganze Firma ein internationales Großprojekt war, kam das Team aus aller Herren Länder. Kein Problem für ihn, aber Chandan war trotzdem froh, dass er nicht der einzige Inder war, der hier arbeitete. Natürlich schätzte er seine Kollegen, woher sie auch immer stammten, aber Inder waren ihm lieber. Nicht so ungehobelt wie Amerikaner, nicht so pedantisch wie Deutsche oder gründlich wie Schweizer – Inder eben. Er wusste, dass das alles Klischees waren, aber die pflegte er genauso wie seinen Schnurrbart. Es war kurz vor zwei Uhr und er schlenderte gemächlichen Schrittes den Gang entlang. Vor ihm ging die Tür zum Pausenraum auf und Paolo Marieni kam auf den Gang spaziert, ein Italiener, der schon mehr als drei

Jahre hier in Bangalore an Zeitreisen für Menschen forschte und noch nicht viele Fortschritte gemacht hatte. Aber Italien sicherte mit seinen Millionen genauso Chandans Arbeitsplatz, also sollte er doch weiterforschen, obwohl er nicht glaubte, dass es irgendwann möglich sein würde, etwas Lebendiges durch die Zeit zu schicken. Marieni sah ihn nicht kommen und strebte stattdessen in die andere Richtung, dorthin, wo auch Chandan hinwollte. Ins Allerheiligste. In den Raum, der die Zukunft der Menschheit einmal nachhaltig verändern sollte, und das zum Besseren, so hoffte er. Er wusste, dass es noch ein Parallelprojekt irgendwo in Frankreich gab, aber ein wissenschaftlicher Austausch oder dergleichen fand nicht statt, was ihn aber nicht störte. Die machten eben ihr Ding und sie hier ihres. Wenn, dann konnte man von einem Wettbewerb sprechen, und der mit dem ersten Menschen hatte gewonnen, wenn so etwas überhaupt an die Öffentlichkeit kommen würde. Offiziell arbeiteten sie hier nämlich an der Energie der Zukunft und nicht an Zeitreisen. Er sah vorne am Ende des Ganges, wie Marieni die Tür zum Labor öffnete und dann - gegen die Wand geschleudert wurde. Die Tür wurde mit Wucht aufgestoßen, Marieni verlor den Halt, stürzte und donnerte mit dem Kopf gegen die Wand. Chandan sah aus zehn Metern Entfernung, dass Marieni augenscheinlich bewusstlos war, da er ohne Regung liegen blieb. Gleichzeitig sah er jemanden aus dem Labor stürmen. Mit großen Augen und starr vor Schreck sah er eine Frau auf sich zu rennen, die jetzt auch noch anfing, seinen Namen zu rufen. Völlig perplex blieb er einfach stehen, bis sich die Frau in seine Arme warf und sie beide auf dem Hosenboden landeten.

»Chandan! Helfen Sie mir! Ich muss fliehen!« Emma rappelte sich wieder auf und half dann auch Chandan, wieder aufzustehen.

»Wie? Was soll das?« Völlig verständnislos blickte er diese Deutsch sprechende Frau an. »Woher wissen Sie, dass ich Deutsch spreche?«, fragte er, als sich seine Gedanken wieder einigermaßen geordnet hatten.

»Wir kennen uns Chandan, oder besser, wir lernen uns eigentlich erst in zwei Jahren kennen. In der Zukunft.«

»Wie bitte?«

»Ich erkläre es Ihnen gleich, aber bitte bringen Sie mich hier raus. Ich muss dringend nach Deutschland. Bitte!« Emma blickte flehend in die Augen des Inders, dessen Weltbild gerade auseinanderzubrechen drohte.

»Wie kommen Sie hier rein? Wie haben Sie das geschafft?« Chandan zerrte Emma mit sich den Gang entlang und öffnete die erstbeste Tür, die sie erreichten. Das Büro war leer und er schloss hinter Emma ab. »Sie haben eine Minute. Erklären Sie es mir! Jetzt!« Chandan hatte seinen freundlichen Inder abgelegt und fixierte Emma mit bohrendem Blick. Er hielt sie immer noch am Handgelenk fest.

»Sie tun mir weh!« Emma wand sich aus dem Griff und ging zwei Schritte zurück. »Ich komme zweiundfünfzig Jahre aus der Zukunft. Das müssen Sie mir glauben! Verstehen Sie! Sie müssen es glauben! Aber eigentlich lernen wir uns im Jahre 2037 kennen. Sie zeigen mir und meiner Familie unser neues Haus in Smilee Green Woods.«

Chandan schaute Emma komisch an. Wie konnte das sein? Dort war doch gerade eine indische Familie eingezogen. Er hatte der Familie noch das Haus gezeigt und… »Woher wissen Sie von dem Haus? Das ist erst seit vier Wochen fertig.«

Emma ging nicht auf den Einwand ein und es sprudelte nur so aus ihr heraus. »In dem Haus gibt es im ersten Stock ein Bad und eigentlich ist es gar kein richtiges Bad, also für uns, für Deutsche. Da ist nämlich nur ein Loch im Boden und etwas seitlich versetzt darüber hängt ein kleines Rohr aus der Decke, was die Dusche sein soll.« Emma lächelte, als sie an Felix und seinen Badauftritt denken musste. »Glauben Sie mir bitte! Ich muss nach Deutschland! Sonst sterbe ich. Ich und mein Bruder! Sie müssen mir helfen – Sie müssen mich retten!«

»Aber ich brauche mehr Beweise, verstehen Sie?«

»Ich habe nicht mehr Beweise, Chandan. Aber schauen Sie das Sprungprotokoll an, dann werden sie mir glauben. Das habe ich vorhin auch gemacht. Zusammen mit einem Kollegen von Ihnen. Allerdings ist vorhin in zweiund- fünfzig Jahren. Und da ist alles protokolliert. Die letzten fünf Jahrzehnte. Von 2035 bis 2087. Und da habe ich Sie gefunden. Ihre Schicht. Und das war meine Chance, denn wir kennen uns.«

Chandan schüttelte den Kopf. Er konnte das alles augenscheinlich noch nicht fassen. »Bitte Chandan. Wir müssen uns beeilen. Bringen Sie mich hier raus! Ich darf keine Zeit verlieren.«

»Warum bist du denn nicht noch weiter in die Vergangenheit gesprungen, wenn das alles wahr sein sollte, dann hättest du alle Zeit der Welt.« Er war zum *Du* übergegangen. Dieses Mädchen schien deutlich jünger zu sein, als es auf den ersten Blick wirkte.

»Stimmt. Daran haben ich und Tim, ihr Kollege aus der Zukunft, auch gedacht. Aber dann kamen Sie eben ins Spiel. Sie sind der Einzige, den ich hier kenne und deshalb auch meine einzige Chance. Sie tauchten vor ungefähr acht Wochen das erste Mal in den Sprungprotokollen auf und dann gibt es eine Unterbrechung von drei Wochen, bevor es wieder mit Ihnen weitergeht. Deshalb jetzt und hier.«

»Ich war drei Wochen krank und ja, vor acht Wochen habe ich zum ersten Mal die Verantwortung bei Sprüngen übernommen.«

»Sie müssen mir glauben. Sie müssen!«

Chandan nickte. »Ich glaube dir«, sagte er langsam. »Wie heißt du eigentlich?«

»Emma. Emma Laurent!«

»Und warum musst du sterben? Das hast du doch vorhin gesagt. Du und dein Bruder. Oder habe ich etwas falsch verstanden?«

»Nein, leider nicht!«, antwortete Emma. »Mein Bruder Felix und ich haben eine unheilbare Krankheit und um die zu besiegen, muss ich so schnell wie möglich nach Deutschland.«

»Welche Krankheit?«, bohrte Chandan weiter.

»Progerie!«

»Noch nie davon gehört«, sagte der Inder und machte ein nachdenkliches Gesicht.

»Ich und mein Bruder werden älter und zwar sehr schnell. Sehen Sie meine grauen Haare?« Emma neigte ihren Kopf und Chandan begutachtete die grauen Stellen.

»Hmh«, war alles, was er dazu sagte.

Emma erkannte, dass ihr Gegenüber nicht so recht an ihre Geschichte glaubte. »Wie alt, glauben Sie, bin ich?«, fragte sie ihn deshalb. Die gleiche Frage wie bei Muller und Emma konnte nur hoffen, dass der Inder genauso danebenlag bei seiner Antwort.

»Dreißig«, antwortete Chandan, »auch wenn das jetzt vielleicht kein Kompliment ist.«

Emma zuckte zusammen. Schon wieder älter. Tim hatte sie noch auf einundzwanzig geschätzt. Hatte der Zeitsprung sie jetzt vollends zugrunde gerichtet? Wie viel Zeit blieb ihr noch? »Ich bin eigentlich sechzehn, fast siebzehn. Auch wenn ich jetzt im Jahr 2035 erst fünfzehn bin.« Emma runzelte die Stirn, was sie bestimmt noch älter aussehen ließ, dachte sie sich. »Wie alt bin ich jetzt eigentlich?«, fragte sie mehr sich selbst als Chandan.

Der Inder sagte nichts und blickte Emma nur an. Dann gab er sich einen Ruck. »Komm mit, Emma! Ich bringe dich hier erst mal raus.« Er stand auf und Emma folgte Chandan. Sie verließen das Büro und wandten sich nach rechts. Emma warf einen kurzen Blick über die Schulter. Der Typ, den sie mit der Tür wohl ausgeknockt hatte und der am Boden gelegen hatte, war nicht zu sehen. Ganz ruhig ging sie neben Chandan durch den breiten Flur. Niemand begegnete ihnen und erst im Eingangsbereich stoppte der Inder kurz bei einem Mann, der hinter dem Empfangstresen stand. »Ich muss kurz nach Hause, komme dann aber wieder«, sagte er auf Englisch und erhielt nur ein kurzes Nicken als Antwort. Der Mann blickte Emma nur kurz an und widmete sich dann wieder seinen Überwachungsmonitoren. Kurz darauf saßen sie in Chandans Elektroauto und fuhren mit einem leisen Surren durch die gut gefüllten Straßen von Electronics City. Chandan nahm eine Auffahrt zum Flyover und reihte sich in den Nachmittagsverkehr ein. Zwei Ausfahrten weiter verließen sie wieder die Stadtautobahn und fuhren in westlicher Richtung durch den Süden von Bangalore.

»Wir wohnen in Doddamma«, sagte Chandan zu Emma und zeigte gleichzeitig nach rechts vorne, wo ein Hindu-Tempel aus den umliegenden Häusern herausragte. »Das ist der Sri Kodanda Rama Swamy Temple.«

Müde schaute Emma zum Fenster hinaus und betrachtete den Tempel, nachdem Chandan extra angehalten hatte, damit sie mehr Zeit hatte, ihn anzuschauen. »Schön bunt«, sagte sie und lächelte pflichtschuldig. Ihr war nicht nach Sightseeing und sie fand es sehr schräg von ihrem Fahrer angesichts der Umstände, den Tempel anzusprechen. Vielleicht hatte er sogar extra einen Umweg gemacht. Sie sagte aber nichts, da sie den Inder nicht vor den Kopf stoßen wollte.

»Ja, ganz bunt und nachts sieht er noch toller aus. Dann ist er angestrahlt.« Chandan gab wieder Gas und sie fuhren durch die jetzt staubigen Straßen.

Emma war kurz vor dem Einschlafen und konnte den weiteren Ausführungen ihres Fahrers nicht mehr folgen. Sie brauchte unbedingt ein Bett und ein paar Stunden Schlaf. Ihr Kopf fiel nach vorne und sie schreckte auf.

»Du bist müde«, sagte Chandan überflüssigerweise.

»Und wie. Ich fühle mich, als hätte ich Jahre nicht mehr geschlafen.« Emma verzog das Gesicht und wusste nicht, ob Chandan die Anspielung verstanden hatte.

»Wir sind gleich da. Dann kannst du dich ausruhen.«

»Gut.«

Der Wagen bog in eine Seitenstraße ein und fuhr anschließend eine Tiefgarageneinfahrt hinunter. Darüber erhob sich ein Mehrfamilienhaus, das genauso in München hätte stehen können, wie Emma feststellte. Chandan parkte in der fast leeren Garage und sie stiegen aus. »Komm«, sagte er und Emma folgte ihm durch eine Tür zu einem Aufzug. Als sie im Aufzug standen, drückte er den Knopf für die dritte Etage und sie fuhren geräuschlos nach oben. Im Aufzug war ein schmaler, wandhoher Spiegel und Emma betrachtete die Frau, die ihr mit dunklen Augenringen entgegenblickte. Dreißig, ich sehe aus wie dreißig, dachte sie und ihr wurde angst und bange.

Der Aufzug hielt an und die Tür ging auf. Chandan trat auf den Flur und Emma musste sich von ihrem Spiegelbild losreißen, so erschreckend faszinierend fand sie ihren Anblick. »Komm«, sagte Chandan wieder und Emma folgte ihm, bevor sich die Aufzugstür wieder schloss.

»Ich musste gehen! Versteht ihr? Ich musste!« Dr. Laurent stand vor seiner Frau und seinem Sohn und versuchte zu erklären, was eigentlich nicht zu erklären war. Felix starrte ihn mit entsetzten Augen an und seine Frau schluchzte. »Ich habe so lange gewartet wie möglich. Aber der Wachdienst war schon im Anmarsch und ich musste da einfach wieder verschwinden.«

»Aber Emma? Wo ist sie denn?«, fragte Felix und auch ihm kullerten Tränen seine geröteten Wangen hinunter. Seine Mutter rutschte auf der Couch zu ihm und nahm ihn in den Arm.

»In der Zukunft, Felix. Emma ist noch in der Zukunft. Irgendetwas ist schiefgelaufen. Eigentlich hätte sie ja quasi sofort wieder auftauchen müssen. Aber es hat nicht geklappt.« Dr. Laurent fuhr sich mit einer Hand über das Gesicht. Er wusste nicht weiter. Er konnte nichts machen. Er war hilflos. Diese bittere Erkenntnis traf ihn wie einen Keulenschlag und er musste sich in einen Sessel setzen.

»Und was willst du jetzt machen?«, fragte seine Frau.

»Abwarten. Wir können nur abwarten. Vielleicht taucht sie irgendwann in der Nacht wieder auf, oder morgen.« Oder nie mehr, fügte er in Gedanken hinzu. Aber diese Option war zu fürchterlich und durfte einfach nicht sein. »Und wenn sie dann vom Wachpersonal oder morgen von meinen Kollegen erwischt wird, dann ist das eben so. Hauptsache sie kommt wieder.«

»Wenn sie wiederkommt, oder, Lukas? Auch diese Möglichkeit besteht doch, oder?«

»Ja, auch das. Wir können wirklich nur abwarten.« Er

vergrub sein Gesicht in seinen Händen und wischte sich die aufsteigenden Tränen aus den Augen.

»Dann schick mich doch in die Zukunft, Papa. Ich schaff das. Ich suche Emma und wir kommen zusammen zurück. Und zwar gesund!« Felix hob seinen Kopf aus dem Schoß seiner Mutter und schaute seinen Vater an.

»Das geht nicht. Wenn Emma es noch nicht einmal geschafft hat, dann wird es für dich ja noch schwerer. Aber ich finde es ganz toll, dass du das riskieren willst. Aber, nein! Es geht nicht.«

Felix schaute zu seiner Mutter hoch, aber auch die schüttelte den Kopf. »Du bleibst bei uns, Felix. Wir brauchen dich…« Eva Laurent stockte und konnte nicht weitersprechen. Sie streichelte über Felix' Haar, das an vielen Stellen schon grau war. Sie schaute ihren Mann über den Couchtisch hinweg an. Den Mann, der sie nach Indien gebracht hat, derjenige, der mit seinem Ehrgeiz diese Familie gerade zerstört hatte. Warum nur, Lukas? Warum? Sie sprach es nicht aus, aber der Blick ihres Mannes gab ihr recht. Und er dachte das Gleiche. Er schaute weg, konnte ihrem Blick nicht standhalten.

FELIX

Seine Hand vibrierte und weckte ihn aus einem leichten Schlaf. Er schaute auf seine Messenger-Uhr – 00.30 Uhr. Felix schlug die Bettdecke zurück und stand auf. Er war schon mit T-Shirt und Hose ins Bett gegangen, um jetzt keine Zeit zu verlieren. Der Abend war eine totale Katastrophe gewesen. Seine Eltern hatten sich heftig gestritten. Er wusste, mit denen war nicht mehr zu rechnen, und so musste er eben Emma retten, denn seine Eltern waren gerade zu sehr mit sich selbst beschäftigt. Felix schlüpfte in seine Sneakers, die unter dem Bett standen und setzte sich dann den Rucksack auf, den er vorhin auch noch heimlich mit einer Flasche Wasser und Keksen gepackt hatte. Er war bereit, Aktion Rettet Emma konnte beginnen. Er schlich zur Zimmertür und drückte ganz sachte die Klinke herunter. Ohne ein Geräusch zu machen, zog Felix die Tür auf und streckte den Kopf auf den Gang hinaus. Niemand war zu sehen, aber er hörte immer noch die Stimmen seiner Eltern aus dem Erdgeschoss. Damit hatte er nicht gerechnet. Eigentlich sollten die beiden längst schon im Bett sein und schlafen. Felix überlegte, sein Plan, einfach aus der Haustür zu spazieren, war jetzt schon mal über den Haufen geworfen. Das Risiko, erwischt zu werden, war ihm viel zu groß. Statt zur Treppe zu gehen, wandte er sich nach links und strebte dem großen Balkon entgegen, der zwischen Emmas Zimmer und dem Schlafzimmer seiner Eltern lag. Er löste die Verriegelung und schob eine Glastür so weit zur Seite, dass er durchschlüpfen konnte. Hinter sich schloss er die Tür wieder. Geschafft! Jetzt musste er nur noch runter in den Garten kommen. Er ging nach rechts und schaute dann nach unten, als er am steinernen Geländer angekommen war. Rund drei Meter unter ihm sah er die hellen Fliesen der Terrasse im Mondlicht leuchten. Zu hoch zum Springen, dachte sich Felix, aber nicht, um hinunterzuklettern. Vor allem wenn ein Holzgestell für irgendwelche indischen Sträucher, die er nicht kannte, nach oben ragte. Er kletterte über das Geländer und setzte dann seinen rechten Fuß auf eine Sprosse des Gestells. Langsam bewegte er sich abwärts und kam dem Boden immer näher. Er hatte es fast geschafft, als unter ihm eine Sprosse krachend nachgab und er unsanft auf dem Hosenboden landete. Felix hielt den Atem an. Er war sich sicher, dass seine Eltern jede Sekunde die Terrassentür aufreißen würden und ihn zurück ins Bett schickten. Doch nichts geschah. Nach einer Minute wagte Felix, sich zu erheben. Er schaute sich erst um, aber er brauchte sich um Nachbarn eigentlich nicht zu kümmern – es gab ja keine.

Felix rannte zu dem niedrigen Zaun, der das Grundstück abgrenzte, und sprang drüber. Er fühlte sich nach Südfrankreich zurückversetzt, als er zusammen mit Emma über das Gelände des Kernkraftwerkes geflüchtet war, nur dass Emma jetzt nicht dabei war. Heute musste er es alleine schaffen, aber kein Problem – das konnte nur der Felix. Er nahm noch einmal seinen ganzen Mut zusammen, schaute auf die kleine GPS-Karte seiner Uhr und schlug die Richtung ein, die ihm bis zu seinem Ziel angezeigt wurde. Er würde ungefähr eine halbe Stunde bis zur Firma brauchen, hatte Felix geschätzt, und dann würde er weitersehen. Schon damals in Grimadan hatten Emma und er immer nur den nächsten Schritt geplant und waren so ganz gut durchgekommen. Sie hatten es allen gezeigt, machte sich Felix wieder Mut. Er lief die Straße entlang und war froh, dass hier in diesem noch sehr dünn besiedelten Wohngebiet alle paar Meter Straßenlaternen standen, da der Mond jetzt durch ein paar Wolken verdeckt war und außerhalb der Lichtkegel der Laternen eine unheimliche Dunkelheit herrschte.

An einer großen Kreuzung kam ein Auto von rechts und er schaute in die andere Richtung. Es fuhr an Felix vorbei und er setzte seinen Weg fort. Nach ein paar Minuten sah er die große Straße vor sich auftauchen, die er auch immer mit Papa entlangfuhr, wenn er in die Schule gebracht wurde. Der wollte er jetzt aber auf keinen Fall folgen, da noch dichter Verkehr herrschte und er somit bestimmt von irgendjemandem angesprochen worden wäre. Felix bog in einen kleinen Fußweg ein, der ungefähr sechzig Meter entfernt parallel zur Straße verlief. Das war sein Weg. Er schaute auf die Uhr – kurz nach 01.00 Uhr. Eigentlich wollte ich um diese Zeit schon an der Firma von Papa sein, dachte sich Felix, ging aber unverdrossen weiter. Manchmal blickte er sich um, wenn er etwas hinter sich hörte, immer mit dem Gefühl im Nacken, verfolgt zu werden.

Du brauchst keine Angst zu haben, redete er sich ein, aber je länger er diesem Weg folgte, umso stärker wurde das mulmige Gefühl. Felix begann sich immer häufiger umzudrehen, bis es nicht mehr aushielt und zu rennen anfing. Aber schon nach ein paar Hundert Metern verließen ihn seine Kräfte und er hörte wieder auf zu laufen. Jetzt machte der Weg eine leichte Linkskurve und er verlief an einem kleinen Wäldchen vorbei, das er noch nie gesehen hatte. Wo war ich bloß, fragte sich Felix, und schaute ängstlich in den Wald. Plötzlich hörte er es knacken und er machte seine Taschenlampe an. Keine fünf Meter von ihm entfernt standen zwei Kühe im Lichtschein seiner Taschenlampe zwischen den Bäumen und glotzten ihn an. »Habt ihr mich erschreckt.« Felix lächelte und kam sich wie ein Baby vor. Gott sei Dank hat das Emma nicht gesehen, dachte er sich und machte die Taschenlampe aus. Emma! Hatte er die letzten Minuten eher mit seiner Angst vor der Dunkelheit zu kämpfen gehabt, traf es ihn jetzt wie ein Blitz, warum er denn hier eigentlich durch das nächtliche Electronics City Phase 6 stolperte. Er musste Emma retten! Felix riss sich vom Anblick der Kühe los und verfiel in einen leichten Laufschritt. Irgendwo musste doch die blöde Firma von Papa sein. Links von sich hörte er immer noch den Lärm der Straße, auf seinem Weg war er dagegen schon lange niemandem mehr begegnet – außer den Kühen. Felix überprüfte wieder die Richtung auf seiner Uhr, nahm noch einmal seinen ganzen Mut zusammen, als er eine Fußgängerunterführung nehmen musste, die unter der Straße durchführte, und auf einmal sah er das glänzende Gebäude vor sich. Er hatte es geschafft. 01.40 Uhr. Sehr viel später als geplant, aber geschafft. Vor dem Gebäude standen nur zwei Autos und kein Mensch war zu sehen. Er rannte quer über den Parkplatz und ging hinter einem der Wagen in Deckung. Gerade noch rechtzeitig, bevor er von den Scheinwerfern eines Autos erfasst werden konnte, das auf den Parkplatz gefahren kam. Es hielt genau vor dem Eingang und Felix stockte der Atem, als er die Person erkannte, die ausstieg und sich umblickte.

»Felix ist weg!« Eva Laurent war kreidebleich, als sie zu ihrem Mann in das Badezimmer ging. Es war schon weit nach ein Uhr und sie hatten sich bis vor ein paar Minuten entweder heftig gestritten oder waren sich in den Armen gelegen und hatten sich Trost gespendet. Diese Ausnahmesituation hatte ihre Beziehung auf eine noch nie dagewesene Zerreißprobe gestellt. Und jetzt war auch noch Felix weg. Eva Laurent schossen die Tränen in die Augen.

»Wie, weg?«, fragte ihr Mann, mit dem Mund voller Zahnpasta.

»Na, weg! Er liegt nicht in seinem Bett und sein Rucksack, der immer an seinem Kleiderhaken hängt, ist auch nicht da. Deshalb weg!« Sie schaute ihren Mann verständnislos an. Wie konnte er das nicht kapieren?

»Das kann doch nicht sein!« Dr. Laurent legte seine Zahnbürste zur Seite und spuckte aus. »Der hat sich bestimmt irgendwo versteckt«, war er sich sicher.

»Oder er will seine Schwester retten und ist auf dem Weg zu deiner Firma.«

»Das glaubst du doch selber nicht, oder?« Dr. Laurent blickte seine Frau zweifelnd an. »Warum sollte er das tun?«

»Weil wir nichts tun – außer streiten«, resigniert schaute Eva Laurent ihren Mann an, der ihr in der letzten Stunde so eigenartig fremd geworden war. »Er hat schon mal alles riskiert, zusammen mit Emma, warum sollte er es nicht noch einmal tun? Sag mir das bitte, Lukas. Er stirbt«, sagte sie verzweifelt, »und Emma auch.«

»Das darfst du nicht sagen, Eva.« Dr. Laurents Stimme zitterte, nachdem seine Frau diese Ungeheuerlichkeit ausgesprochen hatte. »Das werde ich nicht zulassen.«

»Nur wie? Wie willst du das schaffen? Der berühmte Wissenschaftler aus München, der seine Kinder opferte, nur um ein noch berühmterer zu werden.«

Dr. Laurent schaute seine Frau entgeistert an. Er konnte nicht glauben, was er gerade gehört hatte. Wie konnte sie nur so etwas behaupten? Er hatte doch immer nur das Beste gewollt. Ohne sie noch einmal anzusehen, verließ er das Badezimmer und stieg die große Treppe zum Eingangsbereich hinunter. Als er unten angekommen war, hörte er von oben die Stimme seiner Frau.

»Wo willst du hin? Rennst du weg? Oder vielleicht eine kleine Zeitreise? Wie wäre es damit?«

Er antwortete nicht und verließ mit versteinerter Miene das Haus mit der Nummer 256 in Smilee Green Woods, dem neuen, angesagten Wohnviertel in Electronics City Phase 6.

Felix machte sich noch kleiner hinter dem Auto, als er den Cowboy aus dem Auto steigen sah. Mit Schrecken erinnerte sich Felix an die Zeit in Frankreich, als der Cowboy und sein anderer Kollege in ihr Leben getreten war. Irgendwie wurden sie nach der Zerstörung der Zeitmaschine in Grimadan zwar auch von ihnen gerettet, aber trotzdem konnte dieses plötzliche Auftauchen nichts Gutes bedeuten. Das wusste Felix. Hier lief gerade mal wieder alles schief. Er ging auf die Knie und krabbelte auf allen Vieren hinter dem Auto in Richtung des Gebäudes. Vorne am Auto angekommen, schaute Felix nach links, um zu sehen, wohin der Cowboy ging, als er auf ein paar Jeans blickte, die in Cowboystiefeln steckten.

»Na, wen haben wir denn da?«, fragte der Cowboy auf Deutsch mit starkem französischem Akzent. »Wenn das mal nicht Felix Laurent ist. Treibt sich hier mitten in der Nacht in Bangalore herum. Wohl zu Hause ausgerissen?« Der Cowboy packte Felix am Kragen und zerrte ihn auf die Beine.

»Lass mich los, du blöder Cowboy«, schrie Felix und boxte dem Cowboy in den Magen, was aber nur dazu führte, dass er noch fester gepackt wurde.

»Na warte, du kleine Kröte!« Der Cowboy schleifte jetzt den wild um sich schlagenden Felix hinter sich her.

Dr. Laurent fuhr seinen Wagen auf den Parkplatz des Time-Shift-Projects und hätte beinahe eine Vollbremsung hingelegt, weil er einfach nicht glauben konnte, was er da sah. Ein Mann mit Cowboyhut und Jeansjacke zerrte seinen Sohn hinter sich her. Das konnte nicht sein! Der Cowboy war in Indien! Dr. Laurent gab Gas und der Motor heulte kurz auf. Er sah, wie der Cowboy seinen Kopf hob, in seine Richtung schaute und dann plötzlich die Hand von Felix losließ, der ihn wohl gebissen hatte. Felix rannte weg und brachte sich hinter einem anderen Auto in Sicherheit. Er drückte das Gaspedal voll durch und der Wagen machte einen Satz nach vorne. Dr. Laurent sah das verzerrte Gesicht des Cowboys für einen Sekundenbruchteil, als er ihn auch schon frontal rammte. Der Cowboy wurde auf die Motorhaube geschleudert und flog gegen die Windschutzscheibe, die unter dem Aufprall zerbarst. Mit einem ohrenbetäubenden Knall krachte das Auto dann neben der Eingangstür gegen die Hauswand. Durch den Aufprall flog der Cowboy nach vorne und donnerte gegen die Wand. Dem Knall folgte eine plötzlich eintretende Stille.

»Papa! Papa!« Felix kam zu dem völlig demolierten Auto gerannt und versuchte die Fahrertür zu öffnen. Er schlug mit der Faust gegen das Fenster und rief seinen Vater.

Dr. Laurent öffnete langsam seine Augen. Der Airbag hing schlaff aus dem Lenkrad und er sah vor sich auf der Motorhaube den Cowboy liegen. »Papa!«, vernahm er dann links von sich und drehte den Kopf. Felix! Sein Sohn hämmerte mit der Faust gegen das Seitenfenster und gleichzeitig versuchte er die Tür aufzureißen, was er aber nicht schaffte. Er löste seinen Gurt. »Felix! Geh ein bisschen nach hinten«, rief er seinem Sohn zu. Dann betätigte er den Türöffner und warf sich dagegen. Mit einem Ächzen schwang die Tür auf und er stieg mit wackeligen Beinen aus. Felix kam auf ihn zugestürzt und warf sich in seine Arme.

»Papa! Der Cowboy ist da!«, rief Felix und zeigte auf den Mann auf der Motorhaube.

»Ja, hab ihn gesehen.« Er schob seinen Sohn hinter sich und ging auf den französischen Agenten zu, der mit dem Gesicht nach unten auf dem Auto lag. Vorsichtig drehte er den Kopf des Cowboys zur Seite, als dieser zu Husten anfing. Erschrocken machte Dr. Laurent einen Satz nach hinten. Als der Cowboy seine Augen öffnete, ging er wieder zu ihm hin. Er wusste, dass er keine Gefahr mehr für ihn und Felix darstellte.

»Was tun Sie hier?«, fragte er, ohne auf eine Antwort zu hoffen.

»Sie beobachten, abhören und überwachen«, flüsterte der Cowboy und ein kleiner Rinnsal Blut lief aus seinem Mundwinkel. »Das, was ich schon die ganze Zeit mache.« Er hustete und noch mehr Blut kam aus seinem Mund.

»Aber nicht mehr lange.« Er grinste schief.

»Und warum? Weshalb überwachen Sie uns und seit wann?«

»Seit Paris«, die Stimme wurde leiser und wurde von einem Röcheln unterbrochen. »Sie machen nur Ärger, Sie und Ihre Familie und jetzt schicken Sie auch noch Ihre Tochter durch die Zeit.« Nochmals lächelte er. »Schon wieder, Lukas. Sie lernen nicht dazu«, er hustete und seine Stimme wurde zu einem Wispern, »und machen immer den gleichen Fehl…« Die Augen des Cowboys blickten an Dr. Laurent vorbei, irgendwo in den Himmel über Bangalore. Dann starb er.

Schweigend fuhren Dr. Laurent und Felix mit dem Wagen des Cowboys zurück nach Hause. Als sie vor dem Haus hielten, öffnete Eva Laurent die Haustür und wartete auf die Rückkehrer. Sie schloss Felix in ihre Arme, würdigte ihren Mann aber keines Blickes, der an ihnen vorbei ins Haus stapfte. »Lauf niemals mehr weg, Felix. Hörst du?«

Felix schüttelte den Kopf und verdrückte ein paar Tränen. Dann erblickte seine Mutter den Wagen. »Wem gehört das Auto? Wo ist unseres?«, fragte sie ihren Sohn.

»Schrott!«, antwortete Felix wahrheitsgemäß. »Und das Auto gehört dem Cowboy.«

»Was erzählst du denn da?«, fragte seine Mutter erregt.

»Und der Cowboy ist tot.« Felix löste sich aus den Armen seiner Mutter und ging ins Haus.

Starr vor Entsetzen schaute sie auf das Auto. Der

Cowboy war in Indien und jetzt ist er... Sie konnte den Gedanken nicht zu Ende bringen. Wann würde dieser Albtraum aufhören? Sie ging ebenfalls ins Haus und fand ihren Mann im Wohnzimmer auf und ab gehen. »Der Cowboy ist tot?«, fragte sie ihren Mann – nur um sicher-zugehen, obwohl sie keine Zweifel an der Aussage von Felix hatte. Zu viel war schon geschehen.

»Ja, ich habe ihn überfahren.« Dr. Laurent schaute seine Frau an. »Und das mit voller Absicht.«

»Mein Gott!« Eva Laurent setzte sich auf die Couch. Was war nur geschehen? Wie konnte es so weit kommen? »Aber warum?«

»Er hatte Felix geschnappt und hinter sich hergezerrt und dann habe ich einfach Gas gegeben.«

»Aber was war mit Felix? Wolltest du ihn auch überfahren?«

Dr. Laurent schaute seine Frau regungslos an. »Hatte sich losgerissen«, entgegnete er, als würde das alles erklären. »Er hat uns beobachtet, Eva. Schon die ganze Zeit. Und er wusste auch, dass ich Emma durch die Zeit geschickt habe. Keine Ahnung wie.« Er vergrub sein Gesicht in den Händen. Dann schaute er wieder auf. »Und wenn du mich jetzt fragst, wie es weitergeht – keine Ahnung! Klar? Ich habe keine Ahnung! Wobei eines doch klar ist, es wird nicht allzu lange dauern, bis hier die Polizei auftaucht und dann müsst ihr für eine lange Zeit erst mal ohne mich auskommen. Du und Felix. Aber er ist ja kein kleines Kind mehr – sieht schon aus wie sechzehn oder siebzehn. Ich finde, das habe ich gut hingekriegt.«

Eva Laurent erwiderte nichts. Tränen rannen über ihr Gesicht und ihre Hände zitterten, aber sie sagte kein Wort zu dem Mann, den sie mal geliebt hatte und der der Vater ihrer Kinder war. Dann rang sie sich doch noch zu einer letzten Frage durch. »Und Emma? Was ist mit ihr?«

»Emma?« Ihr Mann schaute sie jetzt mit festem Blick an. »Emma ist unsere letzte Hoffnung. Emma und diese verfluchte Zeitmaschine.«

DIE FLUCHT

Emma saß auf einem Kissen am Boden und schob sich einen Naan-Fladen in den Mund. Gegenüber saß Chandan und aß ebenfalls das Brot, das Emma an einen zu lange in der Pfanne gelassenen Pfannkuchen erinnerte. Chandans Frau wuselte seit ihrer Ankunft immer zwischen der kleinen Küche und dem Wohnzimmer hin und her und versuchte Emma alle möglichen indischen Speisen, die sie auf die Schnelle zubereitet hatte, schmackhaft zu machen. Vom Dal hatte Emma jedoch nur zwei Löffel gegessen, da es für sie eindeutig zu scharf war. Vom dazu gereichten Reis ließ sie dagegen nichts übrig. Dazu gab es ein Glas Pepsi, das Emma in einem Zug leer trank, was Chandans Frau sofort wieder in die Küche eilen ließ, um das Glas wieder zu füllen.

Da Chandans Frau weder Deutsch noch Englisch sprach, übersetzte ihr Mann in Hindi. Emma konnte aber am ungläubigen Gesichtsausdruck ihrer Gastgeberin erkennen, was diese von der Zeitreise-Geschichte hielt.

»Ihre Frau glaubt mir nicht, oder?«, fragte Emma.

»Nein, nicht so richtig. Sie versteht auch wenig von Technik.« Chandan verzog das Gesicht.

»Ich würde es auch nicht glauben, wenn mir einer so etwas erzählt.« Emma machte eine Pause und stellte dann die Frage, die ihr schon seit dem Moment, als sie in Chandans Auto stieg, im Kopf herumspukte. »Glauben Sie, dass ich so einfach in ein Flugzeug steigen kann, um nach Deutschland zu fliegen? So ganz allein?«

Chandan machte ein sehr nachdenkliches Gesicht. »Das wird problematisch. Du bist ja noch nicht erwachsen, auch wenn du älter ausschaust, als du bist. Hast du wenigstens deinen Pass dabei?«

Emma öffnete einen Reißverschluss am Rucksack, der neben ihr auf dem Boden stand, zog ihren roten Reisepass heraus und gab ihn Chandan, der begann, darin herumzublättern. Auf einer Seite stutzte er und seine braunen Augen wurden noch größer, als sie eh schon waren. »Noch ein Problem«, sagte er und gab ihn Emma aufgeschlagen zurück.

Sie nahm ihn und betrachtete die Seite, auf der ihr der Stempel des indischen Zolls entgegenleuchtete. Darunter war das Einreisedatum vermerkt. »Shit!«

»So kann man es auch sagen«, Chandan trank von seiner Milch und schaute dann zu seiner Frau, die wieder ins

Zimmer kam und Emma ein volles Glas Pepsi in die Hand drückte. »Gib mir bitte noch einmal deinen Pass«, forderte Chandan Emma auf und zeigte ihn dann seiner Frau. Sie fing sofort an, auf ihren Mann lautstark einzureden und gestikulierte dabei wild herum.

Wer wollte es ihr verdenken, dachte Emma. Laut dem Stempel würde sie erst in ungefähr zwei Jahren indischen Boden betreten und saß trotzdem jetzt schon hier in dieser kleinen Wohnung in Bangalore auf dem Boden und zerbrach sich den Kopf über eine Ausreise ohne vorher erfolgter Einreise. Emma beobachtete die kleine Ehekrise und wünschte sich dann an einen anderen Ort.

Als das Gewitter vorüber war, entschuldigte sich Chandan bei Emma. »Tut mir leid. Meine Frau versteht nicht, wie ich mich auf so etwas einlassen konnte.«

»Ich habe Ihnen keine andere Wahl gelassen, glaube ich«, sagte Emma.

»Das habe ich zu meiner Frau auch gesagt.« Er lächelte kurz und setzte dann wieder seine sorgenvolle Miene auf.

»Was schlagen Sie wegen meiner Ausreise vor?«

»Du hast einen Versuch und kannst nur hoffen, dass bei der Passkontrolle nicht so genau hingeschaut wird.«

»Und das Ticket?«, fragte Emma, »wo kann ich das buchen?«

»Das machen wir von hier aus. Hast du eine Kreditkarte?«

Emma schüttelte den Kopf. »Mein Vater hat mir nur Bargeld mitgegeben.« Sie kramte wieder im Rucksack, zog dann ihren Geldbeutel heraus und zeigte Chandan ein

Bündel mit Rupienscheinen. Dazu hatte sie noch Eurobanknoten und Dollar.

»Das reicht auf jeden Fall«, sagte der Inder, als er die Scheine gezählt hatte. »Ich bezahle mit meiner Kreditkarte und du gibst mir das Geld in bar, okay?«

Emma zuckte mit den Schultern. »Klar!« Was blieb ihr auch anderes übrig.

»Du kannst natürlich erst einmal bei uns bleiben und ich bringe dich dann zum Flughafen.«

»Danke, Mr. Kapur. Ich weiß nicht, was ich ohne Sie gemacht hätte.«

»Das ist doch selbstverständlich.« Er schaute zu seiner Frau und sagte etwas auf Hindi. Dann wandte er sich an Emma. »Ich muss jetzt noch einmal zur Arbeit. Sonst machen die sich wahrscheinlich unnötig Gedanken über ein deutsches Mädchen.« Chandan blickte ernst. »Ich hoffe, ich kann weitere Nachforschungen verhindern.« Er stand auf und verließ das Wohnzimmer. Aus dem Flur hörte Emma noch ein paar Sätze Hindi und eine ins Schloss fallende Tür. In der Küche klapperte Mrs. Kapur mit den Töpfen. Emma erhob sich und ging in die Küche.

»Mrs. Kapur! Do you have glasses?«

Die Inderin drehte sich um und Emma sah das Fragezeichen förmlich über ihrem Kopf stehen. »OTC-Glasses«, sagte Emma und formte pantomimisch eine Brille und setzte sie sich auf.

»Aah, OTC!« Mrs. Kapur machte eine Handbewegung, die Emma wohl bedeuten sollte, kurz zu warten. Keine Minute später stand sie wieder in der Küche und reichte

Emma eine OTC-Brille und einen Zettel, auf dem eine Buchstaben-Zahlen-Kombination stand.

Emma legte ihre Handflächen aufeinander und bedankte sich höflich. »Thank you!« Sie nahm die Brille, ging zurück ins Wohnzimmer und setzte sich wieder auf den Boden. Sie betätigte ihre OTC-Watch und verband die Uhr mit der Brille, die sie sich schon aufgesetzt hatte. Sie gab das Passwort ein und schon war sie online. Ein paar Klicks später befand sie sich auf ihrem SAMESAMOTH-Account. Emma war dem sozialen Netzwerk vor fast zwei Jahren beigetreten und verbrachte einen Großteil ihrer Online-Zeit auf der Seite, wie Millionen anderer auch – und Sarah. Ihre vormals beste Freundin, mit der sie seit dem Umzug nach Südfrankreich keinen Kontakt mehr hatte. Weder online, noch telefonisch, noch sonst wie. Aber Sarah hatte auch noch Maria und brauchte sie daher nicht mehr, wie Emma zerknirscht akzeptiert hatte. Dafür brauchte sie Sarah, dringender denn je. Ich muss ihr schreiben – ich muss, dachte Emma und schrieb ihr eine Nachricht:

Hi, Sarah! Wie geht's dir? Wir müssen reden. Melde dich bitte schnell. Ich brauche deine Hilfe. Emma.

Emma starrte auf den virtuellen Bildschirm und zählte die Sekunden. Sarah war nicht online. Aber es war jetzt 13.45 Uhr in München, wenn man die 3,5 Stunden Zeitverschiebung zu Indien einrechnete. Und heute war Freitag, also keine Nachmittagsschule. Hoffentlich war sie

134

schon zu Hause und… Emma zuckte zusammen, als hätte sie der Blitz getroffen. Ihr wurde heiß und kalt. Was hatte sie getan? Wie konnte sie nur diese Nachricht schreiben? Sie war doch bei Sarah, wie jeden Freitag nach der Schule. Sarah und Emma – die Unzertrennlichen. Best friends forever. Bis Südfrankreich. Emma konnte sich gar nicht an alle Einzelheiten erinnern, was sie mit Sarah alles erlebt hatte, aber eines war klar: Freitags um 13.45 Uhr saß sie mit Sarah auf dem Bett, nachdem sie beide von Sarahs Mutter bekocht worden waren. Und zum Nachtisch gab es eine Nachricht aus Indien.

»Fang!« Sarah kam in ihr Zimmer und warf Emma, die quer auf Sarahs Bett lag, etwas zu.

»Hoh!«, rief Emma und fing das Flugobjekt auf. »Au, danke!« Emma befreite den Muffin aus dem Papier und verschlang ihn mit zwei Bissen. »Lecker!«

Sarah schmiss sich neben sie und aß ihren ebenfalls. »Und was geht jetzt noch?«, fragte sie unter dem Kauen.

»Nicht mehr viel, glaub ich. Bin irgendwie müde und schlapp. Und vollgefressen.« Emma gähnte.

»Ich auch«, sagte Sarah und setzte sich ihre OTC-Brille auf. »Sind doch einige Nachrichten reingekommen.«

»Von wem?«, fragte Emma interessiert.

»Paul fragt, ob wir wissen, was am Freitag in Bio alles drankommt.« Sarah und Emma prusteten beide gleichzeitig los.

»Als ob der das wissen will. Der brauch nur 'nen Grund dich anzutickern.« Feixend hob Emma ihre Hand zum

High five. Sarah, die die erhobene Hand aus dem Augenwinkel heraus sah, wollte gerade einschlagen, als sie die Bewegung abrupt abbrach und Zentimeter vor Emmas Hand in der Luft verharrte.

»Äh?«

»Was? Äh?« Emma lachte. »Will Paul dich daten?«

»Vergiss Paul!« Sarah wedelte mit der Hand, als ob sie eine lästige Fliege verscheuchen wollte. Sie setzte die Brille ab und reichte sie an Emma weiter.

»What the…!« Emma verstummte und gab Sarah die Brille zurück. »Was soll denn der Scheiß?«

»Dein Account wurde wohl gehackt.«

»Aber das geht doch anscheinend gar nicht bei SAMESAMOTH. Das ist doch super-sicher.«

»Anscheinend!«

»Verdammt! Und was soll ich jetzt machen?«, fragte Emma ihre Freundin, auch wenn sie die Antwort schon kannte.

»Keine Ahnung. Antworten – vielleicht?«

»Aber dann musst du antworten. Die Nachricht galt schließlich dir, oder?«

»Das stimmt!« Sarah stand auf und ging zu ihrem Schreibtisch, auf dem ihr Laptop stand. Sie holte ihn aus dem Ruhezustand und brachte ihn zum Bett, sodass beide Mädchen hineinschauen konnten. »Also, was schreiben wir?«

Emma zuckte mit den Schultern. »Was würdest du darauf antworten? Deine beste Freundin braucht wohl deine Hilfe.«

»Meine beste Freundin sitzt neben mir.«

»Ja, schon. Aber wenn ich es geschrieben hätte, was dann?«

»Hast du aber nicht!«

»Vielleicht doch.« Emma lachte.

»Also, dann schreib ich jetzt irgendwas.«

Hi Emma, was ist los? Gibt's dich jetzt doppelt? Du sitzt neben mir auf dem Bett und schreibst mir gleichzeitig Nachrichten. Oder wer bist du?

Sarah zeigte Emma die Nachricht und drückte auf *Senden*.

»Dann warten wir mal, was passiert«, sagte Sarah und blickte auf den Bildschirm.

»Wahrscheinlich nix. Vielleicht war es auch Felix. Der hat bestimmt irgendwie mein Passwort herausgefunden und will jetzt ganz witzig sein.«

»Auch möglich«, kommentierte Sarah.

»Mach aus. Hab keine Lust, auf irgendwas zu warten, was eh nicht kommt.«

»Okay.« Sarah loggte sich aus ihrem Account und klappte den Bildschirm herunter.

»Ich glaube, ich geh heim.«

»Echt! Jetzt schon?« Sarah blickte Emma an. »Der Nachmittag hat doch gerade erst angefangen.«

»Ja, weiß ich. Aber irgendwas liegt mir im Magen. Das letzte Mal, als ich so ein Gefühl im Bauch hatte, habe ich was ziemlich Scharfes beim Inder gegessen.«

»Die Dampfnudeln von meiner Mutter waren aber alles, nur nicht scharf«, erwiderte Sarah.

»Das ist es ja, was so komisch ist. Ich glaub, ich brauch einen Schnaps«, sagte Emma lachend.

»Den bekommst du von meiner Mutter aber bestimmt nicht«, gluckste Sarah.

Wie recht du doch hast, Sarah, dachte Emma, als sie die Nachricht von Sarah las. Mich gibt es doppelt und wer weiß, wenn wir lange genug warten, dann auch dreifach – mit Südfrankreich. Sie meldete sich von SAMESAMOTH wieder ab und schaltete dann ihre OTC-Uhr aus. Allerdings starrte sie noch eine Weile auf das Display, das jetzt nur noch Uhrzeit und Datum anzeigte. Ihre Gedanken kreisten immer wieder um die entscheidenden Fragen, auf die sie keine Antwort wusste: Wie sollte sie um Himmels willen nur alles wieder zu einem guten Ende bringen? Wie konnte sie sich und Felix retten? War das überhaupt möglich? Welches Opfer musste sie selbst bringen, wenn sie die Reise ihrer Familie nach Südfrankreich verhindern wollte und damit den Beginn des ganzen Dilemmas? So viele Fragen… und sie wurde immer schwächer, das spürte sie. Auf ihrer Haut waren schon Altersflecken erkennbar und gerade fühlte sie sich emotional und körperlich wie hundert. Nein, das nahm kein gutes Ende. Nicht für sie selber, aber vielleicht für ihre Familie. Mit diesem Gedanken schlief sie ein.

»Emma!« Chandan rüttelte an Emmas Schulter und lächelte sie an, als Emma die Augen aufschlug. »Wir müssen los«, sagte der Inder und setzte sich auf ein Kissen, das auf dem Boden lag.

Emma rieb sich die Augen und gähnte. »Jetzt schon? Ist es nicht noch zu früh?«

»Es ist 21.10 Uhr und wir müssen los. Dein Flieger geht um 00.45 Uhr von Bangalore nach Paris.«

»Aber ich muss nach München, nicht nach Paris«, warf Emma ein. »Ich will nicht nach Frankreich!«

»Es gab keinen anderen Flug mehr. Von Paris geht es dann nach München. Du hast nur fünfundfünfzig Minuten Aufenthalt in Frankreich. Ich hoffe, alles ist pünktlich.« Chandan hob seine buschigen Augenbrauen.

»Verdammt! Paris!«, fluchte Emma.

»Paris hat noch den Vorteil für dich, dass dort hoffentlich niemand nach deiner Begleitung fragt und wenn du dann in München landest, kommst du schon aus einem EU-Land. Das erspart dir den Zoll in Deutschland und unangenehme Fragen.«

Emma nickte. Chandan Kapur hatte an alles gedacht. »Okay! Dann los!«

»Du brauchst noch das Ticket. Schalte mal deine OTC ein.«

Während Emma den Code eingab, wartete Chandan geduldig. Dann luden sie das Ticket auf Emmas OTC-Watch, mit der sie dann nur noch am Check-in durch sämtliche Kontrollen spazieren musste. Ein Kinderspiel, dachte Emma und ein Hitzegefühl stieg in ihr auf.

Sie fuhren in Chandans Auto durch das nächtliche Bangalore. Es waren noch gut drei Stunden bis zum Abflug, aber Emma wusste, dass sie natürlich eher dort sein musste, und sie kannte den indischen Verkehr, der auch nachts nie gänzlich zur Ruhe kam. Aber noch fuhren sie durch wenig befahrene Seitenstraßen und Chandan blickte entspannt auf die Straße. Nach ein paar Minuten hatten sie Chandans Viertel verlassen und fuhren auf einer breiteren Straße unter einer Brücke hindurch.

»Das ist der Bangalore Monorail, der Electronics City mit dem Flughafen verbindet. Geht einmal quer durch die Stadt. Die nächste Haltestelle ist gar nicht weit von hier. Ich fahre normalerweise immer damit, wenn ich zum Flughafen muss.«

Emmas Blick folgte dem weißen Band der Stützpfeiler und der Schiene, die sich im Häusermeer und der Dunkelheit verlor. »Kenn ich. Bin aber erst einmal damit gefahren«, sagte sie und gähnte.

»Ihr wohnt auch in Smilee Green Woods. Da ist man mit dem Auto schneller auf dem Flyover.«

»Und im Stau«, merkte Emma an und dachte an den ersten Mega-Stau, als sie gelandet waren und in den Süden unterwegs waren. Einmal quer durch Bangalore. Es kam ihr vor, als wären Jahre seit damals vergangen, dabei würde es noch fast zwei Jahre dauern, bis sie im Stau stehen. Es lag einfach in der Zukunft und war doch so lange her... Emma schaute zu Chandan, der nichts erwiderte und sich auf die Kreuzung konzentrierte, die sie gerade passierten. »Chandan!« Emma schrie auf und wurde dann heftig zur

Seite geschleudert. Ein Wagen krachte mit voller Wucht in die Fahrerseite und wirbelte ihr Auto herum. Die Airbags lösten aus und Emma wurde vom Seitenairbag aufgefangen. Die Autos rutschten noch ein paar Meter und kamen dann zum Stehen. Für ein paar Sekunden herrschte absolute Stille, bis ein ohrenbetäubendes Hupkonzert über die Kreuzung einbrach. Emma öffnete ihre Augen und sah durch die Windschutzscheibe, die mit unzähligen Rissen übersät war, ein wildes Durcheinander von Autos, die irgendwie kreuz und quer vor ihrem Auto standen. Chandan! Emma schaute zu dem Inder, der vornübergebeugt auf dem erschlafften Airbag des Lenkrads hing. Aus seinem rechten Ohr lief ein kleines blutiges Rinnsal. »Chandan«, flüsterte Emma mit zitternder Stimme, »bitte! Chandan!« Sie berührte seine Schulter, aber ihr Begleiter reagierte nicht. Emma blickte über Chandans Rücken hinweg zum zerstörten Fahrerfenster hinaus und sah jetzt wie die beiden vorderen Türen des anderen Autos aufschwangen. Auf der Beifahrerseite entstieg ein junger Inder dem Fahrzeug. Emma sah, wie er eine Pistole aus einem Schulterhalfter zog und irgendetwas zu seinem Begleiter rief, der jetzt über die zerstörte Motorhaube auf die Seite des Inders kletterte. Erst sah Emma Cowboystiefel und eine Jeansjacke und dann das Gesicht des Mannes. Starr vor Entsetzen erkannte sie den Cowboy. Wie konnte das sein? Was machte der Franzose hier, der sie und ihre Familie in Südfrankreich erst so gepeinigt und dann aber gerettet hatte, zusammen mit dem Anzugträger? Dann fiel ein Schuss. Emma zuckte zusammen, aber gleichzeitig löste sie der Knall aus ihrer Schockstarre. Was folgte, war eine noch wildere Huperei. Sie musste weg. Und zwar schnell. Emma löste ihren Gurt, blickte noch kurz zu Chandan, der immer noch regungslos dasaß und fummelte am Türgriff. Nach einer gefühlten Ewigkeit stieß sie die Beifahrertür auf, schnappte sich ihren Rucksack, glitt hinaus und ließ sich auf den Boden fallen. Ein paar Meter von ihr entfernt standen Fahrer neben ihren Autos und schauten dem so gar nicht indisch aussehenden Mädchen zu, wie es unter das Auto kroch und aus ihrem Blickfeld verschwand. Emma robbte nach hinten und hörte über sich, wie jemand über das Auto kletterte. Aus dem Augenwinkel sah sie die Sneakers des Inders auf sich zukommen. Emma robbte weiter unter dem Auto hervor und dann gleich weiter unter das nächste, das nur einen halben Meter hinter Chandans stand. Hinter sich hörte sie einen französischen Fluch und wildes Geschrei. Nach dem zweiten Auto stand Emma auf, lief in gebückter Haltung zwischen querstehenden Autos hindurch, aus denen erstaunte Inder sie mit ihren Blicken verfolgten, und rannte zu einer Gasse. Sie blieb hinter der Hausecke stehen und riskierte einen Blick auf die Kreuzung. Der Cowboy hatte sich auf Chandans Auto gestellt und blickte suchend über das Chaos zu seinen Füßen, während er seinem indischen Kollegen irgendwelche Anweisungen zubrüllte, die Emma aber nicht verstand. Der Inder jagte durch die Autos, bückte sich immer wieder und schaute unter den Wagen nach, aus denen jetzt immer mehr Fahrer ausstiegen, um sich ebenfalls einen Überblick zu verschaffen.

Gleichzeitig liefen auch neugierige Passanten auf die Kreuzung, um diesen merkwürdigen Typen, der da auf einem Autodach stand und herumschrie, genauer unter die Lupe zu nehmen. Emma schätzte, dass sich jetzt über dreißig Leute um die zwei Autos scharten und wild herumgestikulierten. Sie sah, wie der Kollege des Cowboys sich einen Weg durch die immer wütender werdende Menschenansammlung bahnte und auch auf das Auto stieg und sich mit dem Cowboy unterhielt. Dann ging alles ganz schnell. Als der erste Schaulustige auf den Kofferraumdeckel von Chandans Auto sprang, streckte der Cowboy seinen Arm senkrecht nach oben und feuerte zweimal in die Luft.

Der Inder auf dem Kofferraumdeckel sprang erschrocken wieder hinunter und auch die anderen zogen sich zurück. Der Cowboy und sein Kollege kletterten ebenfalls vom Auto und orientierten sich. Emma sah, wie der Cowboy auf einmal genau in ihre Richtung blickte und sich dann in Bewegung setzte. Verdammt, dachte Emma, der kann mich gar nicht gesehen haben. Sie drehte sich um und sprintete in die Häusergasse - hinein in die Dunkelheit.

Emma rannte, bis ihre Lungen zu brennen begannen. Sie ließ eine kleine Wegkreuzung hinter sich, bog um eine Ecke und lehnte sich wieder gegen eine Hauswand. Ihre Kleidung klebte an ihrem Körper und sie sog die warme, feuchte und stickige Luft ein. »Shit! Shit! Shit!«, presste sie hervor und schaute sich um. Sie war fast alleine in der Gasse, nur etwas weiter vorne goss eine Inderin etwas aus einem Eimer direkt auf den Boden, ehe sie wieder in einem

Haus verschwand. Emma gab sich einen Ruck und ging in die Richtung, in der sie die Frau gesehen hatte. Als sie an die Stelle kam, sprang sie über die nasse, übelriechende Stelle und schaute dann nach hinten. Niemand folgte ihr. Sie ging weiter, ohne dass sie wusste, wohin sie überhaupt gehen sollte. Meine Zukunft und meine Vergangenheit liegen unter den Wracks der zwei Autos begraben, dachte sie und musste sich zusammenreißen, nicht einfach loszuheulen und genau hier in einer schmutzigen, engen Gasse und so weit weg von Zuhause aufzugeben. Ihr Plan war gescheitert und vielleicht hatte sie auch nie eine Chance gehabt. Wie oft hatte sie sich das schon gesagt seit ihrem Umzug nach Frankreich. Und jetzt kam wieder der Cowboy ins Spiel. Das konnte kein Zufall sein – oder doch? Vielleicht arbeitete er vor seiner Zeit in Frankreich einfach in Indien und es ist einfach ein unglaublicher Zufall? Aber gab es überhaupt noch solche Zufälle in einer Welt, in der Zeitmaschinen existierten? Im Gehen schaute sie sich noch einmal um – und wieder war niemand zu sehen. Wenigstens hatte sie ihre Verfolger abgeschüttelt. Die Gasse endete an einer Kreuzung und Emma blieb genau da stehen, wo sie noch von den Schatten der Häuser vor neugierigen Blicken geschützt war. Es fuhren Autos und Motorroller kreuz und quer über die Kreuzung, wie es Emma vorkam, und sie wunderte sich, dass niemand zu Schaden kam. Als ein Paar an ihr vorbeiging und sie mit fragendem Blick anschaute, wandte sich Emma nach rechts und hielt sich dicht an den Häuserwänden, da es so etwas wie einen Gehweg nicht gab. Sie hatte völlig die

Orientierung verloren und wusste nicht mehr, in welche Himmelsrichtung sie lief, und hielt deshalb nach irgend-etwas Ausschau, das sie vielleicht vorhin während der Autofahrt gesehen hatte. Und dann stand sie davor. Fast wie aus dem Nichts sah sie den Pfeiler der Monorail-Bahn vor sich aus dem Boden ragen. Das war die Lösung! Das war ihr Weg zum Flughafen. Emma schaute auf ihre OTC. Es war kurz nach zehn. Vor einer Stunde hatte Chandan sie geweckt. Sie bedankte sich im Nachhinein bei ihrem indischen Gastgeber, dass sie so früh gestartet waren. Sie konnte nur hoffen, dass er nicht allzu schwer verletzt worden war. Und dass sie so schnell wie möglich eine Haltestelle der Bahn finden würde. Links oder rechts? Emma rannte los und entschied sich für links. Da sie nicht wusste, wo sie sich befand, machte sie sich erst gar keine Gedanken darüber, ob sie falsch oder richtig mit der Auswahl der Richtung lag. Immer die Schwebebahn im Blick, rannte sie so schnell es eben ging an der Strecke entlang und immer darauf bedacht, die wenigen Inder, die noch unterwegs waren, nicht umzurennen. Wie hatte Chandan doch erzählt, ganz in der Nähe war eine Halte-stelle und dorthin musste Emma so schnell wie möglich gelangen. Aber je länger sie durch die Straßen hetzte, umso hoffnungsloser wurde es, rechtzeitig am Flughafen anzu-kommen. Sie musste sich schnellstens was einfallen lassen. Sie hatte jetzt zu einer Familie aufgeschlossen, die Emma zum Gehen zwang, da sie nicht einfach auf die Fahrbahn rennen wollte. Neben den Eltern waren es noch ein Junge und ein Mädchen, die mit etwas Abstand hinter den Eltern hertrotteten. Sie waren alle traditionell gekleidet, wobei nur die Sneakers der Kinder nicht zum übrigen Outfit passten. Emma versuchte einfach ihr Glück: »Do you know where the train station is?«, fragte sie die Jugendlichen, die etwas jünger als sie selbst waren.

Verwundert drehten sich die beiden um und schauten Emma mit großen Augen an. Ihre Eltern hatten nichts mitbekommen und liefen einfach weiter.

»Which train station?«, fragte das Mädchen zurück.

Als Antwort zeigte Emma nur nach rechts, wo ein Pfeiler zwischen zwei Häusern emporragte. Die Schienen selbst waren durch Bäume verdeckt.

»The Monorail?«, fragte der Junge und blickte sie abschätzend an.

»Yes!«

Die zwei Geschwister tauschten Blicke, ehe das Mädchen antwortete. »Maybe five minutes this way.« Sie zeigte in die Richtung, aus der Emma kam.

Verwundert schaute sich Emma um. Sollte sie etwa an einer Haltestation vorbeigerannt sein? »Are you sure?«, fragte sie deshalb sicherheitshalber.

»Yes, of course«, sagte jetzt wieder der Junge, der seiner Schwester wohl nicht das Feld der Kommunikation mit ausländischen Frauen alleine überlassen wollte.

»Okay, thank you!« Emma drehte sich um, rannte wieder in die andere Richtung und ließ die beiden einfach stehen. Sie schaute auf die Uhr. Fünf Minuten zu Fuß bis zur Haltestation. Wenn ich renne, sind es vielleicht nur drei, wenn ich nicht wieder vorbeirenne…

Dann sah sie das Schild. Es war an einer Hauswand angebracht und zeigte in einen Fußweg hinein, weg von der Straße, auf der Emma jetzt schon eine halbe Ewigkeit verbrachte, erst in die eine Richtung und dann wieder zurück. STATION stand darauf in Englisch. Darüber war ein weiteres Schild angebracht, auf der in Hindi das Gleiche stand, wie Emma vermutete. Sie drehte sich um. An der anderen Hauswand war kein Schild angebracht. Kein Wunder war sie vorbeigelaufen. Emma ging den Weg entlang, der direkt vor einer Treppe endete, nahm dann immer zwei Stufen auf einmal und folgte oben dem Fußgängersteg, der unter der Bahn hindurch auf die andere Seite führte. Sie blieb am Ende des Steges stehen und schaute auf einen großen Platz, der sich rechts von ihr befand. Es herrschte reges Treiben und Emma sah eine kleine Warteschlange an einem Gebäude direkt unter der Schwebebahn. Sie nahm die nach unten führende Treppe im Eiltempo und verlangsamte ihre Schritte erst, als sie sich hinter die anderen Wartenden einreihte.

»Airport«, sagte Emma nur, als sie an der Reihe war und streckte der Inderin hinter der Glasscheibe einen Tausend-Rupien-Schein entgegen, in der Hoffnung, dass das reichte. Zu ihrer Überraschung bekam sie über fünfhundert Rupien zurück und entnahm das Geld mitsamt dem Fahrschein der Kassette, die die Inderin hin und her geschoben hatte. Emma wunderte sich zwar, dass sie auf diese altmodische Art ein Ticket für einen High-Tech-Zug bekam, aber das Einzige, was zählte, war der Fahrschein. Voller Hoffnung, dass das am Flughafen genauso leicht gehen würde, ging sie den anderen Fahrgästen hinterher.

Der Bahnsteig war gut gefüllt und Emma fühlte sich unbeobachtet. Es waren zwar einige Ausländer unter den Wartenden, aber keiner beachtete sie. Viele trugen OTC-Brillen und Emma konnte an ihren Kopfbewegungen erkennen, dass sie überall waren, nur gerade nicht auf einem grell beleuchteten und stickigen Bahnsteig in Bangalore. Die Schiene war durch Glastüren vom Bahnsteig abgetrennt und das Dach tat sein Übriges, um gegen die Klimaanlage anzukämpfen. Emma fühlte sich wie im Backofen, als endlich ein Signal ertönte und keine halbe Minute später vier Waggons der Magnetschwebe-bahn in die Station rauschten und geräuschlos zum Stehen kamen. Die Türen der Bahn und die Trenntüren gingen auf und die Fahrgäste strömten ins Innere. Zu Emmas großer Überraschung fanden alle einen Sitzplatz in dem Groß-raumwaggon und kurze Zeit später wurde sie spürbar in den Sitz gedrückt, als die Schwebebahn anfuhr. Am Sitz vor ihr verfolgte Emma die Geschwindigkeitsanzeige auf einem Monitor, die rasant nach oben ging. Erst bei zweihundertachtzig Stundenkilometern blieb die Anzeige stehen und sie fühlte sich fast wie im Hyper. Nach genau sieben Minuten verlangsamte sich die Bahn wieder und der Monitor zeigte als nächsten Halt die Bangalore Main Station an. Das ging schnell. Mit dem Auto hätte das zehnmal so lange gedauert, dachte Emma. Dafür hätte sie nicht durch die halbe Vorstadt rennen müssen, wenn sie nur bei Chandan im Auto sitzen bleiben hätte können. Emmas Gedanken schweiften ab und zum ersten Mal nach langer Zeit musste sie wieder an ihre Familie denken. Zu sehr hatte sie ihre ganze Kraft und Konzentration auf das Fortkommen und Erreichen der Bahn gelenkt. Hitze stieg wieder in ihr auf, als sie an Felix und ihre Eltern dachte, trotz der Kühlschranktemperaturen, die in der Bahn herrschten. »Die Erkältung ist vorprogrammiert«, murmelte sie leise.

Am Hauptbahnhof wurden die Fahrgäste fast komplett ausgetauscht und Emma musterte jeden, der durch die Türen hereinkam und sich einen Platz suchte. Beinahe wartete sie schon darauf, dass der Cowboy wild um sich schießend in den Waggon stürzte und sie an einen unbekannten Ort verschleppte. Aber nichts dergleichen geschah. Die Türen gingen wieder zu und die Schwebebahn zog wieder unnachgiebig an und beschleunigte diesmal auf dreihundertfünfzig Stundenkilometer. Die Dunkelheit flog an den Fenstern vorbei und in Nullkommanix hatten sie die nächste Haltestation erreicht. Es stiegen fast nur Leute zu und der Stopp war schnell vorüber. Der nächste Halt war der Airport, wie Emma am Monitor las, bevor die Bahn dann in einem weiten Bogen nach Westen wieder Richtung Electronics City davonrauschen würde. Als die Bremswirkung einsetzte, hielt Emma die Armlehnen ihres Sitzes krampfhaft fest, so als ob sie auf keinen Fall aufstehen würde, wenn die Bahn ihr Ziel erreicht hatte. Schweren Herzens stand sie doch auf, wenn sie auch lieber bis in alle Ewigkeit hier im Kreis gefahren wäre, als sich jetzt dieser übermächtigen Hürde Check-in zu stellen. Wie in Trance und mit langsamen

Schritten ging sie den Bahnsteig entlang, immer den Menschen hinterher, und ohne darauf zu achten, ob der Weg auch wirklich zu ihrem Ziel führte. Doch plötzlich stand sie in der riesigen Abflughalle des Kempegowda-Flughafens und sie wusste, hier würde sich ihr Schicksal entscheiden – jedenfalls bis zur nächsten unbezwingbaren Hürde, die ihr jenes auferlegt hatte.

Emma blickte sich um und sah auf der gesamten linken Seite die Abfertigungsschalter der Air India. Vor jedem der dreißig Schalter hatte sich schon eine Schlange gebildet und Emma ging sie der Reihe nach ab, bis sie vor ihrem Schalter stand. Paris Charles de Gaulle stand auf dem Bildschirm, unter dem zwei Inderinnen standen und die Fluggäste abfertigten. Emma stand in der etwa zwanzig Meter langen Schlange der Wartenden und tippte auf ihre OTC-Watch, bis der Matrix-Code ihres Tickets erschien. Als sie endlich an der Reihe war, zitterte ihr linker Arm etwas, als sie ihre Uhr der Air-India-Hostess entgegenstreckte. Die nahm Emmas Hand und hielt einen Scanner über die Uhr. Es piepste einmal und aus dem kleinen Drucker neben ihr lief Emmas Bordkarte.

»No luggage?«, wurde Emma gefragt.

»No, only the backpack«, antwortete Emma.

Ein leichtes Stirnrunzeln und ein »Have a good flight« später drehte sich Emma um und ging an den anderen Fluggästen, die ebenfalls nach Paris wollten, vorbei Richtung Zoll. »Jetzt wird's erst richtig interessant«, sagte Emma mehr zu sich selbst, als sie vor der Zollabfertigung zum Stehen kam, da sich eine große Menschentraube gebildet hatte, die gegen die Sicherheitsbeamten drängten.

»Das können Sie laut sagen«, sagte eine Stimme hinter Emma und sie zuckte zusammen. Mit allem hätte sie hier gerechnet, aber damit, dass sie auf Deutsch angesprochen wurde, nicht.

»Geht es hier immer so zu?«, fragte sie den Mittdreißiger, der sie angesprochen hatte.

»Ja, zuweilen schon. Fliegen sie zum ersten Mal von hier?«

Emma antwortete nicht sofort und musterte den Deutschen stattdessen gründlich.

»Ich heiße Benjamin«, sagte er und reichte Emma die Hand. »Meine Freunde nennen mich Ben.«

»Aha!«, war alles was Emma dazu einfiel. Die ausgestreckte Hand übersah sie geflissentlich.

»Sehr gesprächig sind sie ja nicht.« Benjamin lächelte Emma an und ließ seine Hand wieder sinken. »Wir sollten uns die Wartezeit etwas mit Smalltalk verkürzen, oder? Das könnte hier noch etwas dauern.« Er nickte Richtung Zoll.

Emma folgte seinem Blick. »Stimmt.« Sie entschloss sich in die Offensive zu gehen. Vielleicht bot sich hier eine Möglichkeit, dem Zoll ein Schnippchen zu schlagen. »Machen Sie hier Urlaub oder arbeiten Sie in Bangalore?«, fragte Emma.

Benjamin zog seine schwarzen Augenbrauen hoch. »Wer macht hier schon Urlaub?«, fragte er zurück.

»Das stimmt. Mit Vergnügen hatte das alles hier nichts zu tun. Ich bin hier auch nur auf Durchreise.«

»Okay. Wo kommen Sie her und wo wollen Sie hin?«

Emma überlegte kurz. Das mit der Durchreise hätte sie wohl besser nicht gesagt. »Frankreich«, antwortete sie und erntete ein Stirnrunzeln.

»Ah ja! Sie fliegen also von Frankreich nach Indien und wieder zurück nach Frankreich, oder? Wenn das mal keine Durchreise ist?« Der Deutsche grinste Emma an und rückte an ihr vorbei, da sich vor ihnen eine kleine Lücke aufgetan hatte. »Aktiv anstehen ist hier angesagt.«

Emma folgte ihm in die Lücke und jetzt waren es vielleicht noch zwei Meter bis zu den Zollbeamten, die die Pässe kontrollierten. Zu beiden Seiten wurden sie von zwei Polizisten mit Maschinenpistolen flankiert, die die Menschenmenge vor ihnen nicht aus den Augen ließen. Auf Emmas Stirn bildeten sich ein paar Schweißperlen, obwohl die Abflughalle immens heruntergekühlt war.

»Alles klar?«, fragte Benjamin dann auch, dem die Nervosität von Emma aufgefallen war.

»Ja, ja. Werde nur immer etwas nervös, wenn ich Leute mit Maschinenpistolen in der Hand sehe.« Emma lächelte gequält und hoffte, damit alles erklärt zu haben.

»Ach so. Okay. Jetzt geht's los. Wir sind endlich an der Reihe.« Er drehte sich um und lächelte den Zollbeamten an.

»Bis gleich«, sagte Emma und fing den Blick des Beamten auf, während Benjamin ihm seinen Pass entgegenstreckte. Der Zöllner widmete sich wieder dem Pass und blätterte darin, bis er an die Stelle mit dem indischen Einreisestempel kam und musterte für Emmas Geschmack etwas zu lange die Seite. Dann setzte er seinen

Ausreisestempel an und Benjamin war durch. Emma stieß ein Gebet Richtung Himmel, setzte ihre *Ich-wickele-Papa-um-den-Finger-Miene* auf und hoffte, dass das auch bei indischen Zollbeamten funktionierte und gab ihm ihren Pass. »Komme gleich Benjamin«, rief sie ihrer neuen Bekanntschaft noch nach, die sich gerade einer Leibesvisitation unterwarf.

Der Beamte blickte kurz auf und Emma sah in seine Augen und hoffte den Bogen nicht überspannt zu haben. Aber er lächelte nur und blätterte dann den Pass auf. Ohne genau auf die Seite zu schauen haute er den Stempel in ihren Pass, klappte ihn zu und gab ihn Emma zurück. »Thank you!«, sagte sie und musste sich beherrschen, nicht laut hinauszujubeln. Sie konnte nicht fassen, dass sie es tatsächlich geschafft hatte. Ihr Herz hüpfte vor Freude und mit einem breiten Grinsen ging sie zu der indischen Sicherheitsbeamtin und streckte ihre Arme vom Körper weg. Das Schwerste wäre geschafft, dachte sie sich.

Nachdem Emma auch den Körperscanner und die Leibesvisitation überstanden hatte, traf sie Benjamin wieder. »Puh, das wäre geschafft«, sagte sie.

»Ja, schweißtreibend, diese Warterei. Sollen wir was trinken?«, fragte Benjamin. »Mein Flug geht erst in einer Stunde.«

Emma schaute auf ihre OTC. »Meiner in dreißig Minuten.«

»Wohin fliegst du?«

»Paris.« Emma entging nicht, dass Benjamin zum Du übergegangen war.

»Ich nach Frankfurt. Schade.« Benjamin schaute betrübt. »Wäre nett gewesen, wenn wir zusammen geflogen wären, aber du hattest ja schon erwähnt, dass du nach Frankreich fliegst.«

Emma schaute ihr, bestimmt 20 Jahre älteres Gegenüber an. Wobei er ja nicht weiß, dass ich gerade ziemlich alt aussehe, dachte Emma. »Ja, vielleicht. Ich muss.« Sie hob die Hand, lächelte kurz und ging dann an ihm vorbei in Richtung der Abflug-Gates. Sie hatte ein paar Meter zwischen sich und ihrer neuen Bekanntschaft gebracht, als sie von hinten Benjamin rufen hörte.

»Wie heißt du eigentlich?«, rief er.

Emma drehte sich um, zögerte kurz, antwortete aber dann trotzdem. »Emma! Emma Laurent!«, rief sie durch die Halle. Ob das so schlau war, dachte sie sich. Aber da war es schon heraus.

»Und kommst du mal nach Deutschland?«, rief Benjamin über einen Trupp Inder hinweg, der zwischen den beiden durchlief.

»Vielleicht nach München«, antwortete Emma.

»Super. Da bin ich auch oft. Kenne da jemand an der TU.«

Emma gefror ihr Lächeln ein. Das war mal wieder typisch. Sie lief hier in Indien natürlich jemandem über den Weg, der einen Bekannten an der gleichen Universität hatte, an der ihr Vater auch forschte. »Na dann! Vielleicht sieht man sich.« Emma winkte noch einmal und verschwand dann endgültig in der Menge.

Ohne noch einmal einen Stopp einzulegen, strebte sie dann ihrem Abflug-Gate entgegen, an dem schon der gesamte Wartebereich mit Menschen übersät war. Über dem Gate begannen die Lampen zu blinken und das Boarding begann. Just in time, dachte Emma und lächelte in sich hinein. Eine weitere Hürde perfekt genommen.

HEIMKEHR

Chandan hatte recht gehabt. Mal wieder. Emma hatte null Probleme bei der Einreise nach Frankreich und saß nun im Transitbereich des Charles-de-Gaulle-Flughafens und wartete auf ihren Anschlussflug nach München. Ohne den freundlichen und hilfsbereiten Inder hätte sie es wahrscheinlich noch nicht einmal aus dem Gebäude des Time-Shift-Projekts geschafft. Sie war ihm unendlich dankbar und wünschte sich so sehr zu wissen, wie es ihm ging. Stattdessen konnte sie nur hoffen. Hoffen, dass er noch am Leben war. Hoffen, dass ihm der Cowboy nichts angetan hatte. Dem war alles zuzutrauen. Hoffentlich sah sie den nie wieder, denn wenn ihr Plan klappen sollte, dann würde er ihrer Familie nie begegnen.

Emma hatte noch zwanzig Minuten bis zum Boarding und ging auf die Toilette. Sie hatte zu viel Kaffee während der achteinhalb Stunden Flugzeit getrunken und war trotzdem noch hundemüde. An Schlaf war jedenfalls nicht zu denken gewesen, stattdessen hatte sie sich durch das Entertainment-Programm gefräst, hatte sich aber nicht mehr als ein paar Minuten auf einen Film konzentrieren können. Sie stand am Waschbecken und schaute in den Spiegel. Fürchterlich – das war das Adjektiv, das am besten auf ihr Spiegelbild zutraf. »Ich bin schon wieder älter geworden«, murmelte Emma. »Wenn das so weitergeht, kann ich morgen Abend in Rente gehen…« Sie warf ein paar Hände Wasser ins Gesicht und spürte die belebende Kälte. Trotzdem musste sie gähnen, oder gerade deswegen. Sie trocknete ihr Gesicht mit Papiertüchern, als die Tür aufging und eine Frau mit einem kleinen Mädchen im Schlepptau hereinkam. Das Mädchen war vielleicht sechs Jahre alt und augenscheinlich wütend. Missmutig stapfte es hinter seiner Mutter her, die vor einer Kabine stehen blieb.

»Du gehst jetzt noch mal aufs Klo«, sagte die Frau auf Deutsch zu dem Mädchen. »Sonst musst du nachher im Flugzeug sofort wieder und das ist mir echt zu stressig.« Sie öffnete die Kabinentür und wartete, bis ihre Tochter hineinging, was aber nicht geschah. »Wird's bald!«, forderte sie die Kleine noch einmal auf.

»Ich muss aber nicht«, antwortete das Mädchen. »Ich geh nie mehr auf's Klo!« Sie verschränkte ihre Arme vor der Brust und bildete das perfekte Klischee eines Trotzkindes.

Die Mutter wollte gerade etwas erwidern, als Emma zu dem Mädchen ging und ihr ins Ohr flüsterte.

»Wo fliegt ihr denn hin?«, fragte Emma das Mädchen.

Das Mädchen drehte sich überrascht zu Emma um und auch die Mutter schaute verblüfft. »Nach Indien«, antwortete das Mädchen, »und da will ich auch nicht hin.«

Jetzt staunte Emma. Zufälle gab es! »Da komme ich gerade her«, sagte sie. »Und weißt du was?«

Die Kleine schüttelte den Kopf und ihre Mutter schaute misstrauisch Richtung Emma.

»Indien ist voll blöd! Die haben da noch nicht einmal richtige Toiletten – nur Löcher im Boden. Ich will da nie mehr hin. Und ich gebe dir noch einen Rat«, Emma machte eine klitzekleine Pause und sah den perplexen Gesichtsausdruck der Mutter, »hör nicht immer auf deine Eltern. Tu alles dafür, dass auch deine Wünsche berücksichtigt werden. Bleib einfach hier und geh zurück nach Deutschland.«

»Na hören Sie mal! Was erlauben Sie sich?«, empörte sich die Mutter des Mädchens. »Wie reden Sie denn mit meiner Tochter. Sie machen ihr ja Angst. Schauen Sie!« Dem Mädchen rannen jetzt wirklich die ersten Tränen über die geröteten Wangen und es konnte sicher nicht mehr lange dauern, bis hier ein Orkan loslegte.

»Glauben Sie mir«, sagte Emma ganz ruhig, »ich weiß, wovon ich rede. Tun Sie sich und vor allem der Kleinen hier einen Gefallen und steigen nicht in den Flieger. Gehen Sie nach Hause – ihr zuliebe.« Emma streichelte über das blonde Haar des Kindes, drehte sich um und verließ die Toilettenanlage. Die Tür fiel zu und drinnen brach der Sturm los.

Den kurzen Flug von Paris nach München verbrachte Emma im Tiefschlaf. Gleich nach dem Start übermannte sie die Müdigkeit und erst das Ruckeln beim Aufsetzen auf der Landebahn weckte sie wieder. Als sich das Flugzeug in seiner Parkposition befand, stand sie auf und holte ihren Rucksack aus dem Gepäckfach über ihrem Sitz. Da aber auf dem Gang großes Gedränge herrschte, setzte sie sich wieder. Auch ihr Sitznachbar hatte es wohl nicht eilig und wartete geduldig, bis die ersten Passagiere das Flugzeug verlassen hatten.

Emma schlurfte langsam die Gangway entlang und wurde dabei von fast allen anderen Fluggästen überholt. Als sie an den Gepäckbändern ankam, schaute sie sich um und sah dann den Zoll und den Ausgang. Niemand hielt sie auf, als sie durch den Ausgang in die Ankunftshalle ging, auch das, ganz wie es Chandan Kapur vorausgesagt hatte, jedoch war auch niemand da, um sie abzuholen. Wie auch? Um Emma herum nahmen Angehörige und Freunde die Zurückgekehrten in Empfang, verteilten Küsse und umarmten einander. Emma wurde von niemandem umarmt. Sie fühlte sich wieder unendlich einsam und vollkommen überfordert angesichts der anstehenden Prüfung, die ihr das Schicksal auferlegt hatte. Ihre ganze Planung war eigentlich immer nur auf den jetzigen Zeitpunkt ausgerichtet – die Ankunft in Deutschland. Doch jetzt war sie wirklich da, gegen jeden Widerstand und entgegen aller Wahrscheinlichkeiten. Sie musste es durchziehen. Jetzt oder nie! Mit etwas mehr selbst eingeredetem Mut trat sie aus dem Flughafengebäude hinaus in den Regen. »Gibt's jetzt auch in München Monsun?«, murmelte sie und rannte auf die andere Straßenseite, wo sich eine Bushaltestelle befand. Der Flughafen-Expressbus fuhr direkt in die Münchner Innenstadt, wie Emma aus Erfahrung wusste. Nach einem Familienurlaub war die geplante Rückfahrt mit der S Bahn wegen einer Störung zu einer Busfahrt mutiert, was aber letztendlich nur eine geringe Verzögerung ihrer Heimkehr zur Folge gehabt hatte. Die Erinnerung an diesen Mallorca-Urlaub vor drei Jahren fraß sich jetzt in ihre Gehirnwindungen und sie vermisste ihre Familie schmerzlich. Die Busfahrt zog sich dann länger hin, aber trotzdem genoss sie die vertraute Umgebung, den vertrauten Anblick der Häuser, Straßen und Menschen, obwohl sie sie nicht kannte. Am Hauptbahnhof sprang Emma aus dem Bus und ging den Schildern nach, die zur U-Bahn wiesen. Der Bahnhofsbereich war überfüllt mit Menschen und Emma konnte in der Menschenmenge untertauchen. Seit dem Jahr 2030, als die strengen Reglementierungen für Neufahrzeuge eingeführt worden waren, boomte der öffentliche Nah- und Fernverkehr noch stärker, was zu immer neuen Fahrgastrekorden geführt hatte. Gerade in Großstädten hielt der Ausbau der Streckennetze aber kaum mit den Anforderungen mit. Emma schob sich Richtung der Rolltreppen, die in den Bahnhofsuntergrund führten. Es war Samstag, wie sie mit einem Blick auf ihre OTC feststellte. Sie hatte mittlerweile jegliches Zeitgefühl verloren und verließ sich nur noch auf ihr elektronisches Spielzeug, wenn es darauf ankam, das Hier und Jetzt einzuordnen. Zu viele Minuten, Stunden, Tage, Monate und Jahre waren die letzten sechsunddreißig Stunden vergangen, seit sie einmal in die Zukunft und wieder zurück in die Vergangenheit und von Indien nach Deutschland gereist war. Auf dem Bahnsteig angekommen, checkte sie die Abfahrtszeiten. Sie hatte noch ein paar Minuten und ging zu einem Imbiss. »Zwei Brezeln, bitte!«, sagte sie und legte dem Verkäufer einen Fünfeuroschein auf den Tresen. Sie nahm das Wechselgeld entgegen und betrachtete die erste Brezel seit gefühlt hundert Jahren andächtig.

»Stimmt was nicht?«, fragte der Verkäufer. »Die sind ganz frisch.«

»Alles okay«, antwortete Emma. »Ist meine erste Brezel seit Langem.«

»Na, dann guten Appetit!«

»Danke!« Emma schlenderte den Bahnsteig entlang und verputzte eine Brezel, die andere steckte sie mitsamt der Bäckertüte in ihren Rucksack. Sie hob sich die vorderen dünnen Teile, ihre Lieblingsstücke, bis ganz zum Schluss auf und war erst fertig, als ihre Bahn heranrauschte. Natürlich bekam sie keinen Sitzplatz, dafür war einfach zu viel los, und so musste sie sich an einem der Haltegriffe festhalten, als die Bahn ruckartig losfuhr. Im Spiegelbild der Tür betrachtete Emma eine ältere Frau, die ihren Blick nicht nur erwiderte, sondern ihm auch standhielt. Aber ihre Augen blickten sie traurig und müde an und die grauen Haare fielen ihr strähnig ins Gesicht.

Der Cowboy landete nur zwei Stunden nach Emma auf dem Münchner Flughafen. Der Learjet, der ihn direkt von Bangalore hierhergebracht hatte, landete im abgesperrten, kleinen Militärbereich des Flughafens. Ohne sich um irgendwelche Einreiseformalitäten kümmern zu müssen, setzte er sich in den schon bereitstehenden BMW und verließ den Flughafenbereich durch ein gesichertes Rolltor, das sich nach dem Vorzeigen seines Diplomatenausweises vor eine Kameralinse auf wundersame Weise öffnete.

Er verlor keine Zeit, denn das war etwas, was er in den letzten Jahren gelernt hatte, sie war immer zu kurz und man konnte sie nicht mehr zurückdrehen, es sei denn, dass die schlauen Wissenschaftler, die er überwachen musste, es endlich schaffen sollten, auch Zeitreisen für Menschen möglich zu machen. Aber bis es so weit war, und er glaubte nicht, dass es jemals dazu kommen würde, erledigte er seine Jobs, so schnell er konnte, was ihm bei seinen Chefs einen glänzenden Ruf eingebracht hatte.

Er jagte den Wagen die Auffahrt zur Autobahn hoch und schoss dann fast geräuschlos an den wenigen anderen Autos vorbei Richtung München. Im Flieger hatte er noch kurz darüber nachgedacht, seinen Kollegen in Paris anzurufen und ihn um Unterstützung zu bitten. Aber er hatte wieder davon Abstand genommen – warum sollte er sich die Lorbeeren auch mit jemand anderem teilen. Das war sein Job und er musste ihn erledigen. Und außerdem hätte er dann vielleicht erklären müssen, wie es dem Mädchen in Bangalore gelungen war, zu entkommen. Ihm reichte schon, dass sein indischer Kollege dabei gewesen war. Letztendlich würde er es auf ihn schieben müssen. Schließlich war der auch gefahren und hatte das andere Auto so bescheuert gerammt. So war es eben, wenn man Stümper ans Steuer ließ. Aber ein Gutes hatte der Crash seines Kollegen, mit Chandan Kapur hatte er einen Zeugen unauffällig aus dem Weg geräumt. Denn eine der häufigsten Todesursachen von Indern mittleren Alters in dieser Zeit war immer noch der banale Verkehrsunfall. Die perfekte Vertuschung. Der Plan hätte direkt von ihm sein können.

Das Navi lotste ihn bei der nächsten Ausfahrt wieder von der Autobahn herunter und er folgte den Anweisungen, bis er vor der Zieladresse ausrollte und den Wagen stoppte. Er kramte in seiner Sporttasche, seinem einzigen Gepäckstück, und holte ein OTC-Tablet heraus. Dann stieg er aus dem BMW, durchquerte den Vorgarten und klingelte.

»Felix! Machst du mal auf?!« Eva Laurents Ruf schallte durch das Haus und sie ahnte schon, dass ihr Rufen wahrscheinlich umsonst war. Felix würde sich mal wieder in den unendlichen Weiten des Internets herumtreiben und alles hören – nur nicht die Haustürklingel.

»Jap! Bin schon unterwegs.«

»Okay!« Verblüfft sah sie ihren Mann an, der aber nur mit den Schultern zuckte und sie dann wieder küsste.

»Papa!« Jetzt war es an Felix, zu rufen. »Kannst du mal runterkommen?«

»Hat man in diesem Haus eigentlich irgendwann mal seine Ruhe?«, fragte Dr. Laurent und schob seine Frau von sich weg.

»Diese Frage stelle ich mir schon lange nicht mehr. Wer das wohl ist?«

»Ich hoffe keiner meiner Studenten.«

»Am Samstagnachmittag?«

»Den lass ich durchfallen«, grinste Lukas Laurent und verließ das Schlafzimmer. Er stieg die Treppe hinunter, blieb hinter Felix stehen und blickte über dessen Kopf hinweg auf eine absonderliche Gestalt, die da auf der Türschwelle seines Hauses stand. Cowboy! Vor ihm stand ein waschechter Cowboy, und dabei war noch nicht einmal Fasching oder Halloween! Der Typ trug nicht nur einen Cowboyhut, sondern war auch sonst absolut stilecht gekleidet. Zu seiner Jeansjacke und den Bluejeans trug er ein paar spitz zulaufende Cowboystiefel, ohne Sporen, dafür war um seinen Hals ein grün schimmerndes Medaillon geschlungen, das sein Hemd am Kragen fest umschloss. Fehlte nur noch der Colt, dachte Lukas Laurent und blieb mit seinem Blick an der deutlich sichtbaren Ausbeulung unter der Jeansjacke an seiner linken Schulter hängen. Verdammt! Was war hier los? Er schob seinen Sohn erst zur Seite und dann hinter sich.

»Ja, bitte?« fragte er.

»Könnte ich vielleicht hereinkommen, Herr Laurent?«, sagte er mit deutlich französischem Akzent. »Bitte!«, fügte er noch an, wobei in seiner Stimme keine Höflichkeit erkennbar war.

»Nein!«, antworte Dr. Laurent und richtete seinen Körper unmerklich etwas mehr auf. »Was wollen Sie denn?«

»Das sollten wir vielleicht besser drinnen besprechen.« Er strich mit seiner rechten Hand über das Schulterhalfter seiner Waffe.

»Wenn Sie mir nicht sagen, um was es geht, besprechen wir gar nichts, klar!«

Der Cowboy verlagerte sein Gewicht auf sein rechtes Bein und sein Mund zuckte kurz. Dr. Laurent konnte förmlich den aufkommenden Stress des Mannes spüren. Allerdings ging es ihm nicht viel besser.

»Um ihre Tochter.« Die Augen des Cowboys verengten sich zu kleinen Schlitzen.

Dr. Laurent wich alle Farbe aus seinem Gesicht und Hitze stieg in ihm auf. Er hörte hinter sich Schritte auf der Treppe und fragte nach hinten: »Eva? Kannst du mal Emma rufen?«

»Warum? Was ist denn los?«, antwortete seine Frau.

»Der Cowboy will irgendwie was von Emma«, antwortete Felix.

»Felix!«, fuhr ihn sein Vater an. »Geh bitte hoch in dein Zimmer.«

»War ja klar!« Felix stapfte an seiner Mutter vorbei und stürmte die Treppe hoch. »Mann!« rief er noch und schmiss seine Tür mit einem lauten Knall zu.

»Kommen Sie rein!« Dr. Laurent machte den Weg frei und der Cowboy ging an ihm vorbei und folgte Eva Laurent ins Wohnzimmer. Ohne auf eine Aufforderung zu warten, setzte er sich in den einzigen Sessel und wartete, bis sich auch seine Gastgeber gesetzt hatten.

»Ist ihre Tochter zu Hause?«, fragte der Cowboy.

»Nein«, antwortete Eva Laurent zur Verblüffung ihres Mannes. »Sie ist noch zu ihrer Freundin gegangen.«

»Sarah Winter, wie ich vermute.«

Eva Laurent schaute ihren Mann an und dann den Cowboy. Was ging hier vor?

»Wir wissen alles.« Der Cowboy stand auf und baute sich vor den beiden auf. »Was hat ihre Tochter in Indien gemacht? Was wollte sie dort?«

»Wie bitte? Wo soll meine Tochter gewesen sein? In Indien?«, Lukas Laurent musste sich beherrschen, nicht in lautes Lachen auszubrechen. »Das ist ja wohl das Irrste, was ich je gehört habe.« Er lehnte sich in die Couch zurück. Das alles konnte nur eine Verwechslung sein.

»Da muss es sich ja wohl um eine Verwechslung handeln«, sagte seine Frau.

»Das glaube ich nicht«, erwiderte der Cowboy und schaltete sein Tablet an und reichte es dann seinem Gegenüber, der wie erstarrt auf den Bildschirm starrte und das Gerät dann an seine Frau weiterreichte.

»Das ist doch ihre Tochter, oder?«

Eva Laurent starrte auf den Bildschirm. War das Emma? Sie konnte es nicht sagen. Sie wirkte irgendwie so – erwachsen. Und wer war der Mann neben ihr? Sie hatte ihn noch nie gesehen. Sie gab das Tablet an ihren Mann zurück.

»Wer ist der Mann neben der Frau, von der Sie meinen,

es wäre meine Tochter?«, fragte Dr. Laurent.

»Chandan Kapur. Ein indischer Mitarbeiter in einer Firma in Bangalore in Indien. Und das ist ihre Tochter. Da gibt es keine Zweifel.«

Dr. Laurent und seine Frau blickten sich wieder an.

»Von wann ist dieses Foto?«, fragte er dann.

»Steht unten rechts«, antwortete der Cowboy.

»Von gestern«, sagte Eva Laurent. »Habe ich schon gesehen.«

»Und wo soll es noch einmal aufgenommen worden sein?«, fragte Dr. Laurent.

»In Bangalore, im Süden Indiens. Genauer, in Electronics City.«

Eva Laurent zuckte mit den Schultern. »Habe ich noch nie von gehört.« Sie schaute ihren Mann an.

»Kenn ich«, sagte er. »Das Silicon Valley Asiens.«

»Genau«, sagte der Cowboy. »Und ihre Tochter spaziert dort in einer Hochsicherheitseinrichtung umher.« Er machte eine Pause und setzte gerade an, als ihm Dr. Laurent zuvorkam.

»Hören Sie! Ich möchte ja nicht eine gewisse Ähnlichkeit mit Emma leugnen, aber diese Frau auf dem Foto ist bestimmt zehn Jahre älter als Emma und außerdem war sie gestern hier in München in der Schule und keineswegs in Indien.«

»Wischen Sie mal mit dem Finger nach rechts«, sagte der Cowboy.

Dr. Laurent fuhr über den Bildschirm und sah ein weiteres Bild.

»Das Bild wurde letzte Nacht auf dem Flughafen von Bangalore aufgenommen. Wer der Mann ist, neben dem ihre Tochter steht und mit dem sie längere Zeit gesprochen hat, wissen wir nicht. Wie Sie sehen, dreht er der Kamera den Rücken zu. Aber wir arbeiten daran. Bitte das nächste Bild«, forderte er Dr. Laurent auf, dessen Frau mittlerweile ebenfalls auf den Bildschirm schaute. »Das ist das Flugticket, das auf ihre Tochter ausgestellt ist, wie sie sehen.«

»Dann hat sich wohl jemand ihre Identität angeeignet. Das geht ja heutzutage sehr schnell, wenn man nicht aufpasst«, sagte Eva Laurent.

»Bei dieser Firma handelt es sich um eine von zwei Einrichtungen, die es weltweit gibt, und wir wissen zwar noch nicht, warum ihre Tochter dort war, aber dass sie es war, steht fest«, fuhr der Cowboy fort, ohne auf den Einwand einzugehen.

»Nichts steht fest! Überhaupt nichts!« Dr. Laurent sprang auf. »Sie erzählen hier doch Märchen.« Seine Hand zitterte, als er auf den Cowboy zeigte. »Emma war hier, in München, und nicht in Indien.« Die Gedanken rasten durch seinen Kopf und ihm wurde ganz schwindelig; und das kam nicht oft vor. Indien! Zwei Firmen! Das konnte alles gar kein Zufall sein.

»Das sagen Sie. Wir wissen, dass es nicht so war.« Der Cowboy machte wieder eine Pause. »Wie dem auch sei. Ich fahre jetzt zu Sarah Winter und befrage dort ihre Tochter. Au revoir!« Er stand auf und verließ das Haus ohne weiteren Gruß.

Dr. Laurent ließ sich in den Sessel fallen, in dem gerade noch dieser seltsame Typ gesessen hatte. Sein Blick blieb irgendwo zwischen dem rechten Bein des Couchtisches und der Teppichkante hängen. Was war hier los? Wie konnte Emma gleichzeitig in München und Indien sein? Im Gegensatz zu seiner Frau glaubte er nämlich nicht an die Theorie der gestohlenen Identität. Es musste etwas anderes sein. Zwei Firmen. Frankreich und Indien. Er wusste von der zweiten Maschine in Bangalore, denn er hätte sich auch in Indien bewerben können, hat aber seiner Familie zuliebe Südfrankreich ausgewählt. Das war vor acht Tagen gewesen und seine Frau und seine Kinder wussten es noch gar nicht, dass er die Chance im Ausland wahrnehmen wollte, um seine Träume zu verwirklichen. Zeitreisen – wer träumte nicht davon? Seit Beginn seines Studiums hat er sich immer wieder mit den theoretischen Problemen von Zeitreisen beschäftigt und jetzt sollte er die Möglichkeit bekommen, an einer Zeitmaschine mitzubauen. Was für eine Chance?! Aber auch ein Risiko? Er wusste, dass die Maschine in Grimadan Dinge durch die Zeit zurückschicken konnte, aber doch keine Menschen, jedenfalls noch nicht. Aber vielleicht war die Maschine in Indien viel weiter entwickelt und Emma wurde damit durch die Zeit geschickt, und… Was für ein Irrsinn! Wenn die Lage nicht so ernst gewesen wäre, müsste er laut hinauslachen. Stattdessen schaute er jetzt seine Frau an, die auch gedankenverloren dreinblickte.

»Wir müssen mit Emma Kontakt aufnehmen und sie warnen«, sagte er schließlich.

»Ja, klar«, seine Frau nickte. »Was sollen wir sagen?«

»Na, dass ein Irrer zu ihr und Sarah kommt und behauptet, sie wäre in Indien gewesen.«

»Das willst du so formulieren?«, Eva Laurent sah ihren Mann zweifelnd an. »Das ist aber nicht dein normaler Stil.«

»Nein, nicht so direkt. Sonst bekommen sie und Sarah noch Panik.«

»Ich habe Emma schon geschrieben«, tönte es auf einmal aus der Diele ins Wohnzimmer.

Dr. Laurent und seine Frau ließen die Köpfe herumfahren und starrten Felix an, der breit grinsend im Flur stand.

»Ich war neugierig und hab alles angehört. Emma hat mir auch schon geantwortet, dass sie von Sarah abhaut und wieder heimkommt.« Felix hob den Daumen und erwartete wohl tosenden Beifall seiner Eltern.

»Das hast du nicht wirklich gemacht, oder?«, fragte ihn sein Vater.

»Klar! Bin doch der Felix.«

»Und was hast du Emma geschrieben?«, fragte seine Mutter.

»Na, dass ein Cowboy kommt und ein paar Fragen an sie hat. Und dass der überhaupt nicht freundlich ist.« Er machte eine Pause und seine Eltern warteten gespannt auf weitere Felix-Neuigkeiten. »Und dass ihr euch mit ihm gestritten habt.«

»Was ja so nicht genau stimmt«, sagte Dr. Laurent. »Wir waren nur nicht einer Meinung und haben diskutiert.«

»Das sagt ihr auch, wenn Ihr euch gestritten habt.«

Felix' Vater schaute mit hochgezogenen Augenbrauen seine Frau an und konnte ein Grinsen gerade noch verhindern, die Lage war auch zu ernst für so etwas. »Das stimmt zwar«, sagte er nach kurzem Überlegen, »aber wir hätten das Emma gerne selbst übermittelt. Sie weiß ja jetzt gar nicht, was eigentlich los ist.«

»Du weißt es doch auch nicht, oder etwa doch?«, fragte seine Frau und fiel ihm damit in den Rücken.

»Ne, weiß er nicht!« Felix rief schon wieder dazwischen, was ihm einen Anpfiff seitens seines Vaters einbrachte.

»Es reicht, Felix! Klar?« Er starrte seinen Sohn zornig an. Felix drehte sich daraufhin blitzartig um und rannte mal wieder die Treppe hoch. »Halt! Hiergeblieben! Komm zurück! Emma wird wahrscheinlich gleich auftauchen und dann brauchen wir dich hier. Ich muss euch dann was sagen.« Dr. Laurent schaute kurz zu seiner Frau und dann gleich wieder weg, als er die Haustüre hörte und dann auch gleich Emma ins Wohnzimmer stürmte. Auch Felix kam augenblicklich wieder zurück.

»Das ging ja schnell«, sagte Emmas Mutter und nahm sie kurz in die Arme.

»Was ist denn los? Was für ein Cowboy?«, fragte Emma etwas außer Atem und schaute von einem zum anderen.

»Wissen wir nicht«, sagte ihr Vater.

»Was ist mit Sarah?«, fragte Eva Laurent.

»Ich hab gesagt, sie soll einfach nicht aufmachen, wenn jemand klingelt. Wir waren allein daheim und so dürfte das kein Problem sein. Ich bin hinten durch den Garten und dann ein bisschen kreuz und quer gerannt. Hab auf jeden

Fall niemanden gesehen, der mich verfolgt.«

»Na hoffentlich geht das gut…«, sagte ihr Vater und setzte sich auf die Couch.

»Du wolltest uns was erzählen, Lukas«, sagte Eva Laurent und schaute auffordernd zu ihrem Mann.

Emma setzte sich in den Sessel, in den sich dann auch noch Felix quetschte. »Muss das sein?«, fragte Emma, machte aber doch ein bisschen Platz.

»Geht doch«, antwortete Felix, saß aber fast auf Emmas Schoß.

»Also«, fing ihr Vater an, der die kurze Unterbrechung genutzt hatte, um seine Gedanken zu sortieren. »Ich habe mich auf eine neue Stelle beworben…«

»Nein!«, entfuhr es Emma.

»Nicht schon wieder«, Felix schüttelte den Kopf.

»Davon weiß ich ja gar nichts«, sagte Eva Laurent.

»Keiner weiß was. Weder ihr noch meine Kollegen. Nur mein Chef.«

»Na dann ist ja gut«, sagte seine Frau sarkastisch. »Und weiter…«

»Das ist alles top secret und…«

»Klaro!«, rief Felix wieder dazwischen.

»Hätte ich jetzt nicht gedacht. War's schon mal anders?«, Emma kochte.

»Äh, nein! Aber jetzt noch mehr.«

»Könntest du bitte zur Sache kommen, Lukas. So kenn ich dich gar nicht.«

»Also, ich wollte in Südfrankreich…«, weiter kam er allerdings nicht.

»Was? Wohin?« Emma war aufgesprungen und schaute ihren Vater verständnislos an. »Südfrankreich?«

Eva Laurent sagte gar nichts und schaute ihren Mann nur entgeistert an.

»Lasst mich doch mal ausreden, Mann!« Dr. Laurent war aufgesprungen. Er verlor selten seine Contenance, aber seine Nerven waren zum Zerreißen angespannt. Um sich ein wenig zu beruhigen, setzte er sich wieder. Mit ruhigerer Stimme fuhr er fort. »In Südfrankreich, in Grimadan, forschen sie über die Zeit. Und wie ihr ja wisst«, er schaute in die Runde und sah nur Stirnrunzeln, »oder auch nicht wisst, ist das auch mein Forschungsgebiet an der TU. Auf jeden Fall bin ich bei meinen Forschungen auf etwas gestoßen, das perfekt zu der Maschine in Grimadan passen würde.«

»Und was ist das für eine Maschine?«, unterbrach ihn Felix.

»Felix! Zähl doch mal eins und eins zusammen«, forderte Emma ihren kleinen Bruder auf.

»Zwei!«, antwortete Felix und strahlte über das ganze Gesicht.

Auch seine Eltern mussten lächeln, was anhand der schwierigen Situation für kurze Entspannung sorgte.

»Oh Mann, Felix! In welche Klasse gehst du? Erste? Was ergibt Maschine plus Zeit?«, fragte Emma.

»Maschinenzeit?«, antwortete Felix und blickte seine Schwester nickend an.

»Ich geb's auf«, sagte Emma und blickte ihren Vater an.

»Nein, Felix. Keine Maschinenzeit, sondern Zeitmaschine. Die haben in Frankreich eine Zeitmaschine gebaut und schicken schon die ersten Dinge in die Vergangenheit.«

»Aber das ist ja erschreckend«, sagte Eva Laurent. »Können sie auch Menschen...«, sie vervollständigte den Satz nicht.

»Nein«, antwortete ihr Mann. »Noch nicht...«

»Aber du, oder?« Emma schaute ihren Vater provozierend an. »Du kannst Menschen durch die Zeit schicken?!«

»Echt Papa! Kannst du das?«, plapperte Felix schon wieder dazwischen.

»Mann, Felix! Kannst du nicht einmal deine Klappe halten?«, herrschte Emma ihn an.

»Selber!«, schrie Felix, sprang hoch und rauschte aus dem Wohnzimmer. Sekunden später fiel im ersten Stock eine Tür krachend ins Schloss.

»Das war jetzt echt unnötig, Emma«, sagte ihre Mutter.

»Ist doch wahr, Mann!« Emma schaute wieder ihren Vater an.

»Kann ich noch nicht sagen, ob das klappen würde«, antwortete Emmas Vater. »Käme auf einen Versuch an.« Er lächelte.

»Und was hat das mit dem Cowboy zu tun?«, fragte jetzt seine Frau. »Und mit Indien?«

»Warum denn Indien? Ich dachte, es geht um Frankreich.« Emma blickte fragend ihre Mutter an.

»Das ist das Problem, Eva. Ich weiß nicht, wie das zusammenhängt, habe aber eine vage Vermutung. Und die ist ziemlich verstörend.«

»Kann mich mal jemand aufklären?«, fragte Emma ungeduldig. »Frankreich, Indien, Cowboy, Zeitmaschine.«

»Tja, Emma. Du warst wohl gestern in Indien, sagt jedenfalls der Cowboy.« Ihr Vater lächelte, hatte aber kleine Schweißperlen auf der Stirn, was seine Angespanntheit verriet. »Und ich glaube ihm«, ergänzte er noch.

»Was? Du glaubst ihm? Aber warum? Und das hat sich vorhin ja ganz anders angehört.« Seine Frau schaute ihn entgeistert an.

»Kann mich nicht erinnern, gestern in Indien gewesen zu sein«, sagte Emma trocken und ihr Blick verriet eindeutig, dass sie ihren Vater gerade für durchgeknallt hielt.

»Du warst es auch nicht, Emma, sondern eine zweite Emma, und die ist wahrscheinlich durch die Zeit gereist.« Emmas Vater schüttelte den Kopf, da er selbst nicht glauben konnte, was er da gerade gesagt hatte.

»Ah, ja. Okay.« Emma schaute gequält.

»Du spinnst doch, Lukas.«

»Leider nicht.«

»Das hat der Cowboy erzählt? Wer das auch immer ist?« Emma bekam Kopfschmerzen und wollte plötzlich nur noch ins Bett. Diesem Irrsinn ein wenig mit einem schönen Traum entfliehen.

»Aber warum Indien?«, fragte Eva Laurent.

»Weil dort noch eine Zeitmaschine steht. Sozusagen das Zwillingsmodell von Grimadan. Und für mich gibt es keine andere Erklärung, als die, dass du, Emma, oder auch wir als Familie in der Zukunft irgendwie nach Indien geraten und das dann irgendwie aus dem Ruder läuft. Keine Ahnung. Aber das kann alles gar kein Zufall sein. Es muss einen Zusammenhang geben.«

»Aber warum sind wir nicht in Frankreich, sondern in Indien, wenn du dich doch dahin beworben hast?«, fragte Emma.

»Weiß ich nicht. Vielleicht sind wir anschließend da hin…«

»Hast du dich nach Indien beworben?«, fragte auf einmal Felix und streckte seinen Kopf zum Wohnzimmer herein.

»Wahrscheinlich, Felix, wahrscheinlich. Zu viele Bewerbungen, fürchte ich.« Dr. Laurent schaute desillusioniert zu seinem Sohn.

»Na, du Indianer. Wieder am Rumschleichen.« Emma lächelte ihren Bruder an.

»Klar. Kann ich am besten hier von allen.«

»Und was machen wir jetzt?«, fragte Eva Laurent.

»Eines ist auf jeden Fall klar«, ihr Mann stand auf, »morgen ziehe ich meine Bewerbung für Grimadan zurück. Ich, nein wir, bleiben hier in München. Die ganze Sache wird mir etwas zu unübersichtlich und zu riskant.«

Wie auf Kommando brachen Felix und Emma in Jubelgeschrei aus. »Nie mehr umziehen!«, rief Emma und gab Felix ein High five. »Nie mehr Schule wechseln!« Emma schaute ihren Vater an. »Versprochen?«

»Versprochen!« Er nahm seine Tochter in den Arm. Seine Frau und Felix kamen dazu und sie standen eng umschlungen mitten im Wohnzimmer.

»Und was passiert eigentlich mit der zweiten Emma?«, fragte Emma.

Ihr Vater löste sich und schaute sie an. »Wenn nicht alles falsch ist, was ich so über Zeitreisen weiß, oder besser die theoretischen Möglichkeiten, dann hat diese Entscheidung, hier in München zu bleiben, die ganze Zukunft geändert. Du kannst also gar nicht nach Indien gelangen, Emma. Folglich auch nicht hier in München auftauchen, verfolgt von einem Cowboy.«

»Aber der Cowboy ist doch da. Und wenn er nicht da gewesen wäre, hättest du doch gar nicht diese Entscheidung getroffen.« Eva Laurent schaute ihren Mann fragend an.

»Nein, aber vielleicht…«

»Wartet mal«, unterbrach Felix seinen Vater. Er hatte sich in den Sessel gesetzt und hielt jetzt seine Messenger-Watch hoch und zeigte auf das Display.

»Was ist Felix?«, fragte Emma, ging zu ihm und schaute auf die Uhr. Sie wurde kreidebleich und las vor: »Hi Felix, ich brauche deine Hilfe. Können wir uns treffen? Sag aber nichts zu Mama und Papa. Emma.«

DER COWBOY

Der Cowboy klingelte jetzt schon zum dritten Mal an der Tür und wurde langsam wütend. Er war sich ganz sicher, dass er vorhin Licht im Haus gesehen hatte, als er vor der Garage gestoppt hatte. »Merde!«, fluchte er auf Französisch und drückte erneut den Klingelknopf. »Ich trete gleich die Tür ein, wenn ihr sie nicht augenblicklich öffnet.« Er bückte sich etwas und warf einen Blick durch ein kleines Glasfenster, das in der Mitte der Türe angebracht war, sah aber nichts, da der Hausflur im Dunkeln lag. Er stauchte gegen die Tür und wandte sich zur Seite, um hinter das Haus zu gelangen. Er hoffte, vielleicht dort Einblick ins Haus zu bekommen. Alle Türen, die er prüfte, waren jedoch verschlossen und die Rollläden waren im Erdgeschoss auch schon heruntergelassen. »Macht auf! Ich weiß, dass ihr da seid!« Grimmig stapfte er einmal um das Haus herum und stand dann wieder vor der Eingangstür. »Emma!« Er rief, so laut er konnte. Nichts. »Sarah!« Wieder keine Reaktion. Er schob seine rechte Hand unter die Jacke und holte seinen Revolver aus dem Schulterhalfter. »Letzte Chance für euch!«, drohte er und wartete noch ein paar Sekunden, ehe er das Türschloss in Stücke schoss.

Sarah sah auf dem Monitor der Überwachungsanlage diesen komischen Typen mit Cowboyhut vor ihrer Tür immer wütender werden und griff nach ihrer OTC-Watch. Sie würde jetzt die Polizei anrufen, wenn der Typ nicht augenblicklich verschwinden würde. Keine Ahnung, was Emma mit dem zu tun hatte, aber darüber konnte sie sich jetzt auch keine Gedanken machen. Sie musste den Kerl loswerden und dabei war sie auf sich allein gestellt, denn ausgerechnet heute waren ihre Eltern beide unterwegs. Sie beobachtete ihn weiter und sah, wie er aus dem Blickfeld der Kamera verschwand. Sie verließ die Diele und schlich sich in den ersten Stock und schaute dann aus dem Schlafzimmerfenster ihrer Eltern nach unten in den Garten, gerade als der Cowboy um die hintere Ecke des Hauses kam. Sie sah allerdings nur seinen Hut, der langsam von links nach rechts unter ihr vorbeiwanderte und dann um die rechte Ecke wieder verschwand. Tja, Pech gehabt! Du kommst hier nicht rein, machte sich Sarah selbst Mut. Sie wollte gerade wieder nach unten gehen, als sie erst Emmas und dann ihren Namen hörte. Kurz darauf noch etwas, das sie nicht verstand, als drei ohrenbetäubende

Knalle von vorne kamen. Scheiße! Der hatte eine Knarre. Sarah wählte die 112 auf ihrer OTC-Watch.

Zufrieden schaute der Cowboy auf sein Werk, nahm einen kurzen Anlauf und warf sich gegen die Eingangstür, die mit einem lauten Krachen aus dem Rahmen flog. Er war drinnen.

»Waffe weg, Freundchen!«, hörte er plötzlich hinter sich. Mitten in der Bewegung blieb er stehen. »Leg die Pistole hin, hab ich gesagt. Los mach schon!«

»Alles gut«, antwortete der Cowboy ganz ruhig. Er machte die Andeutung einer Bewegung, als ob er seinen Revolver auf den Boden legen würde, stattdessen drehte er sich aber in einer geschmeidigen Bewegung und riss seine Waffe nach oben.

Ein Schuss zerriss die kurze Stille und der Cowboy wurde nach hinten gerissen. Ungläubig starrte er Richtung Haustür, als er in den Eingangsbereich des Hauses flog. Ein kleiner, dicker Mann stand vor dem Haus. Aus der Pistole, die noch immer in seine Richtung zeigte, kam eine kleine Rauchwolke. Dem Cowboy entglitt seine Waffe und in seiner Brust breitete sich ein rasender Schmerz aus und dann…, dann wurde es dunkel und er spürte keinen Schmerz mehr.

Sarahs OTC wählte und es konnte nur noch Sekunden dauern, bis sich die Polizei meldete, als wieder ein Schuss die trügerische Stille zerriss. Sarah zuckte heftig zusammen und flüchtete in ihr Zimmer. Sie wollte gerade abschließen, als jemand ihren Namen rief und das war nicht der Cowboy.

»Sarah! Frau Winter, Herr Winter! Sind Sie zu Hause?«

Sarah überlegte nur kurz, denn irgendwie kam ihr die Stimme bekannt vor. »Ja, hallo! Ich bin hier oben.«

»Okay. Bleib da. Komm nicht nach unten. Die Polizei muss gleich da sein.«

»Aber Sie sind doch die Polizei«, antwortete Sarah, als sie die Stimme zugeordnet hatte. Es war ihr Nachbar, Herr Maric, seines Zeichens Kriminalbeamter in München. Was für ein Glück! Sie verließ ihr Zimmer und stieg langsam die Treppe nach unten. Am Treppenabsatz angekommen, schaute sie vorsichtig um die Ecke und erstarrte. Herr Maric beugte sich gerade über den am Boden liegenden Eindringling und legte seine Finger an den Hals des Cowboys. »Und? Lebt er noch?«, fragte Sarah in die Stille.

Ihr Nachbar fuhr zusammen. »Mein Gott, Sarah! Hast du mich erschreckt! Ich habe doch gesagt, du sollst oben bleiben.«

Sarah zuckte mit den Schultern. »Wollte nur meinen Retter begrüßen«, antwortete sie cool, obwohl ihr ganz flau im Magen war. »Und?«, fragte sie erneut.

»Nein, verdammt! Er ist tot!«

»Shit!«

»Ein bisschen mehr als das, Sarah. Schon ein bisschen mehr.« Sarahs Nachbar durchsuchte die Jackentaschen des Cowboys, zog eine kleine Brieftasche heraus und durchsuchte sie. »Scheiße!«, entfuhr es dem Polizisten.

»Was ist?«

»Diplomatenpass! Verdammt!«

Sarah schaute fragend ihren Nachbarn an. »Und das heißt?«

»Der Typ ist eigentlich unantastbar, oder besser gesagt war unantastbar. Diplomaten können quasi nicht verhaftet werden. Die haben Narrenfreiheit. War übrigens Franzose.« Er steckte den Ausweis zurück in die Brieftasche und steckte sie sich ein.

»Unantastbar, aber nicht unsterblich«, sagte Sarah, die angesichts des Toten vor ihren Füßen erstaunlich ruhig blieb. Dann hörte sie Sirenen.

»Da kommt die Verstärkung«, sagte Herr Maric. »Das wird eine lange Nacht«, meinte er. »Auch für dich, Sarah.« Er drehte sich um und ging seinen Kollegen entgegen. »Nichts anfassen«, rief er noch über seine Schulter Richtung Sarah.

»Hab ich nicht vor«, murmelte sie und ging ins Wohnzimmer. Sie setzte sich auf das Sofa und wählte Emmas Nummer. Sie musste da dringend was loswerden.

EMMA

Sie stand hinter einem Lieferwagen und beobachtete aus sicherer Entfernung den Aufmarsch vor ihrem Elternhaus. Die Blaulichter erleuchteten die Straße und die Nachbarhäuser. Im Vorgarten standen zwei Polizisten mit Maschinenpistolen und gaben dem Szenario noch einen martialischeren Anstrich. Sie schaute auf ihre OTC, aber Felix hatte immer noch nicht geantwortet. War wohl doch keine so gute Idee gewesen, ihm diese Nachricht zu schicken. Wahrscheinlich sogar eine absolut bescheuerte. Normalerweise rannte Felix bei so geheimen Emma-Felix-Aktionen nicht gleich zu ihren Eltern, aber vielleicht standen sie auch gerade neben ihm, als die Nachricht eintraf. Oder, noch besser, die zweite Emma stand neben ihm. Nicht auszudenken, was die für Gesichter machen würden. Sie musste an Südfrankreich denken. Geschichte wiederholte sich doch, mit oder ohne Zeitmaschine. Wieder schaute sie auf ihre OTC, was aber unnötig war, da sie das Vibrieren beim Eingang einer Nachricht sicherlich bemerkt hätte. Sie strich sich über ihre Hand, die eigentlich gar nicht ihre Hand sein konnte, denn auf ihrem faltigen Handrücken hatten sich Altersflecken breitgemacht, obwohl doch noch nicht einmal ihre Eltern Altersflecken hatten! Das nahm kein gutes Ende. Sie war müde und sah sich um. In einiger Entfernung sah sie eine Bank stehen. Die stand zwar sehr viel näher an ihrem Haus als ihr Versteck hinter dem Lieferwagen, wo sie sich jetzt gerade befand, aber das war ihr egal. Wer nahm schon von einer alten Frau Notiz, die sich einen kleinen Polizeiaufmarsch anschaute. Langsam ging sie hinüber und setzte sich mit einem Seufzer hin. Ein paar Meter weiter sah Emma Nachbarn stehen, die sich angeregt über die dargebotene Show unterhielten. Sollten sie doch, es war ihr egal. Sie musste jetzt noch drei Dinge tun, dann war ihre Geschichte aus und vorbei. Sie kramte in ihrem Rucksack und fand ihn endlich. Sie klappte das kleine rote Büchlein auf und blickte auf das Foto eines sechzehnjährigen Mädchens. Zärtlich strich sie über das Bild, das wie aus der Zeit gefallen schien. Emmas Erinnerung verblasste zunehmend und es fiel ihr schwer dieses Mädchen, das ihr da entgegenblickte, irgendwie mit sich selbst in Verbindung zu bringen. Sie blätterte weiter und betrachtete die Seite mit dem indischen Visum. Der lilafarbene Einreisestempel zeigte 2037, der rote Ausreisestempel 2035. Sie begriff immer noch nicht, wie sie es geschafft hatte, durch den Zoll zu kommen. Die restlichen Seiten waren leer und würden es auch bleiben. Dann holte Emma die Tüte mit der zweiten Brezel heraus und steckte ihren Reisepass zu der Brezel. Sie knüllte die Tüte so gut es ging zusammen und entsorgte die zweite Brezel und ihren Reisepass im Mülleimer, der neben der Bank stand. Erneut griff sie in den Rucksack und holte den nächsten Punkt auf ihrer To-do-Liste hervor. Sie hielt ihn in der Hand und schaute ihn sich noch einmal an. Dann stand sie auf, überquerte die Straße und blieb vor dem Briefkasten stehen. Sie öffnete den Schlitz und warf ihn hinein. Das war geschafft. Emma schaute noch einmal zur Eingangstür und drehte sich dann um, misstrauisch von den Nachbarn beäugt. Sie ging zurück zur Bank und setzte sich wieder. Sie fühlte sich so erschöpft und – alt. Den körperlichen Verfall, der in den letzten Stunden rasant zugenommen hatte, spürte sie schon länger und auch die große Müdigkeit, die ihren Körper fest umschlossen hielt. Der 52-Jahre-Zeitsprung zurück hatte ihren Alterungsprozess enorm beschleunigt. Aber es musste doch einen Ausweg aus diesem ganzen Schlamassel geben – sie wollten doch nur wieder gesund werden, sie und Felix, und dann wieder zusammen mit ihren Eltern als ganz normale Familie leben, zur Not auch in Indien. Hauptsache leben! Aber Emma wusste, dass das alles Wunschträume waren, es gab kein Zurück. Sie hatten es verbockt. Wie hatte ihr Vater nur so etwas seinen Kindern antun können? Emma rannen Tränen über ihre Wangen. Was sollte sie nur tun? Sie schaute auf den kleinen zusammengefalteten Zettel in ihrer

Hand, den sie seit ein paar Stunden mit sich trug. Er war ihre letzte Hoffnung und konnte doch nichts gegen das Unausweichliche ausrichten, gegen das Verderben, das sich hinterrücks heranschlich und ihre Lebenskraft raubte – den schleichenden Tod. Sie schloss den Zettel ganz fest in ihrer Faust ein. Du bist meine Hoffnung und mein Ende.

Emma schrak auf. Sie musste kurz eingenickt sein und wurde durch die abfahrenden Polizeiautos geweckt. Sie war etwas zur Seite gesunken und ihr Kopf lag auf der Banklehne. Sie richtete sich wieder auf und schaute zu ihrem Zuhause – aber war es das überhaupt noch? Die Haustür ging auf und ein Polizist kam heraus und dahinter – ihr Vater. Emmas Herz machte einen Hüpfer. »Papa«, murmelte sie und wieder rannen Tränen über ihre Wangen. Sie wollte aufspringen, zu ihm rennen und ihn in ihre Arme schließen und nie wieder loslassen. Dann sah sie ihre Mutter hinter ihrem Vater auftauchen. Mein Gott, sie konnte jetzt doch nicht einfach hier sitzen bleiben, sie musste jetzt doch dorthin, zu ihren Eltern. Dann erschien Felix. Er schlängelte sich an ihren Eltern vorbei und stand auf dem Treppenabsatz und schaute dem Polizisten hinterher. Felix – wie sehr sie ihn vermisste. Sie musste jetzt dahin! Sie rappelte sich hoch und war im Begriff, auf sich aufmerksam zu machen, als Emma in der Tür auftauchte. Abrupt blieb sie stehen. Sie starrte hinüber, unfähig, sich zu bewegen oder einen Ton hervorzubringen. Als Erstes verschwand ihre Mutter wieder im Haus, dann ihr Vater und anschließend Felix, nur Emma stand noch im Eingang und schaute dem Polizisten zu, wie er zu seinem Kollegen ins Auto stieg. Dann drehte sie sich ebenfalls um und ging ins Haus. Sie schloss die Haustür aber nicht ganz, sondern öffnete sie noch einmal und schaute zur Straße. Ihr Blick schweifte von links nach rechts und blieb dann genau in Richtung der Bank stehen, vor der Emma stand. Sie wusste nicht, ob sie sie erkennen konnte, da die Bank nicht unter einer Straßenlaterne stand, sondern etwas im Dunkeln lag. Aber sie schaute lange herüber, drehte sich dann aber um und machte die Haustür zu. Emma begann leise zu schluchzen. Sie setzte sich wieder und konnte nicht verstehen, was hier gerade passierte. Sie starrte vor sich auf den Boden und weinte leise.

»Guten Abend! Alles klar bei Ihnen? Können wir Ihnen helfen?« Das Polizeiauto stand direkt vor ihr und der Beifahrer hatte das Seitenfenster heruntergelassen. Er sprach sie an, während sein Kollege den Wagen in einer Parklücke abstellte.

Emma schüttelte den Kopf. »Nein, es ist alles gut.« Sie stand auf und hob die Hand. »Aber danke der Nachfrage.« Langsam ging sie auf dem Gehweg an ihrem Elternhaus vorbei. Sie blieb noch einmal stehen und schaute die hell erleuchteten Fenster an, hinter denen ihre Vergangenheit und ihre Zukunft weiterlebte. Für sie gab es keine Zukunft, nur einen kleinen Zettel, den sie fest umklammert in ihrer Hosentasche trug. Am Ende der Straße ging sie nach rechts zur Bushaltestelle, von der sie immer zusammen mit

Felix ihren täglichen Schulweg begonnen hatte. Sie setzte sich auf einen der Metallstühle und nahm ihre OTC-Watch ab. Emma aktivierte das Display und war online. Wie sehr hatte sie es immer geliebt, mit Sarah irgendwelchen Blödsinn hin und her zu schreiben, aber das war lange her. Jetzt war es für sie nur Mittel zum Zweck. Emma war zwar unendlich müde, aber eine Nachricht musste sie noch schreiben, danach könnte sie hier an der Bushaltestelle ein kleines Nickerchen machen, bis sie mit dem nächsten Bus rein nach München fahren würde - und dann würde sie mal sehen.

Sie startete den Messenger und holte den Zettel hervor. Mit zittrigen Fingern tippte sie los. Als sie die Nachricht losgeschickt hatte, faltete sie den Zettel wieder zusammen und steckte ihn zurück in die Hosentasche. Ihre OTC hielt sie in ihrer linken Hand. Sie würde jetzt nur kurz die Augen schließen, um wieder zu Kräften zu kommen. Sie war so müde, so unendlich müde. Aber sie würde nur ganz kurz schlafen. Vielleicht weckte sie auch das Brummen einer eingehenden Nachricht. Vielleicht. Also, nur ganz kurz…

EPILOG

Es war 23.58 Uhr und die Luft war noch stickig und heiß. Emma stand schweißgebadet vor dem Gebäude und beobachtete die Eingangstür. Ihr T-Shirt klebte an ihrem Körper und ihre Jeans war nicht die beste Kleidungswahl gewesen, wie sie sich eingestehen musste. Eine leichte, luftige Hose wäre durchaus angebrachter gewesen. Sie nahm einen Schluck aus ihrer Wasserflasche und schaute zum Taxi, das sie sicherheitshalber noch ein paar Minuten warten ließ, denn angekündigt hatte sie ihren Besuch nicht. Wobei das eigentlich so gar nicht stimmte, wie sie mit einem Lächeln dachte. Sie schaute auf ihre Uhr, kurz nach Mitternacht, und ihr Pulsschlag beschleunigte.

Sie hatte schon zwei Leute aus dem Gebäude gehen sehen, hineingegangen war aber niemand mehr. Dann sah sie einen Inder den Eingangsbereich betreten und sie verfolgte ihn mit ihren Blicken, als er durch die Glastür vor das Gebäude trat und nach rechts ging. Da er Emma nicht beachtete, schaute sie wieder zum Eingang. Genau in diesem Augenblick trat er aus dem Gebäude des Bangalore-Timeshift-Projects. Er musste es sein. Sie hatte zwar nur eine grobe Beschreibung erhalten, aber es war bisher der einzige Nicht-Inder, den sie hier gesehen hatte. Emma sah, wie sich umblickte und dann genau zu ihr schaute. Langsam und zögerlich ging er auf sie zu. Auch Emma setzte sich in Bewegung. Jetzt trennten sie nur noch wenige Schritte und Emma sah das breite Lächeln ihres Gegenübers. Auch Emma lächelte. »Hallo Tim!«

»Hallo Emma«, antwortete Tim Muller und umarmte sie. »Ein Wunder«, sagte er, »das ist ganz einfach ein Wunder.«

»So kam man es sehen«, sagte Emma.

»Du bist so…« Tim suchte das richtige Wort, wobei es auf der Hand lag.

»Alt!«, vervollständigte Emma den Satz. Sie lachte. »Tja, das bleibt nicht aus, wenn man sich nach fünfzig Jahren wieder trifft, dass man etwas reifer ist. Wobei du dich ganz gut gehalten hast.« Sie lachte nochmals und ihre ganze Anspannung fiel von ihr ab. »Allerdings sind ja bei dir erst ein paar Minuten vergangen, seit du mich gesehen hast. Oder, besser gesagt, jemanden gesehen hast, der ich auch war.«

Tim blickte Emma fragend an. »Was soll das bedeuten? Jemand, der du warst?«

»Besser kann ich es nicht ausdrücken. Du hast vor ein

paar Minuten Emma in die Vergangenheit geschickt, aber diese Emma war nicht ich. Sie war eine zweite Emma.«

»Moment mal!« Tim schaute zweifelnd. »Das heißt, dadurch, dass du zweiundfünfzig Jahre in die Vergangenheit gereist bist, gab es dich dann doppelt? Und wenn du genau zu dem Zeitpunkt zurückgekommen wärst, von dem du in die Zukunft gestartet bist, wäre das natürlich nicht der Fall gewesen, stimmt's?«

»Wahrscheinlich«, sagte Emma. »Aber du musst das besser wissen als ich, du bist der Zeitreisespezialist, ich nur das Versuchskaninchen.« Sie schaute auf ihre Uhr. »Sollen wir nicht in ein Restaurant gehen? Es ist zwar schon spät, aber ich bin nicht müde. Oder zu mir ins Hotel. Die Bar hat die ganze Nacht offen und es gibt so viel zu erzählen.« Emma schaute Tim erwartungsfroh an.

»Okay. Bin dabei. Ist das dein Taxi, das da wartet?«, fragte er. »Ich bin nämlich mit dem Bus da.«

»Ja, wartet auf mich. Hätte ja sein können, dass du nicht kommst, oder der Tag falsch ist, oder sonst was.« Emma hakte sich bei Tim unter. »Dann los, sonst wird das Taxi so teuer.« Sie lächelte und zog ihn mit sich.

Während der Taxifahrt erzählte Emma von ihrer anstrengenden Reise von München über Abu Dhabi und Delhi bis nach Bangalore. Sie war jetzt fast sechsunddreißig Stunden unterwegs, nur von einem ausgedehnten Nickerchen im Hotel unterbrochen und hier im Taxi wurde sie dann doch schläfrig. Im Hotel angekommen, setzten sie sich umgehend an die große Hotelbar, an der auch noch ein paar andere Gäste saßen.

»Und? Wie ist es dir nach meinem plötzlichen Auftauchen ergangen? Hat den Zeitsprung schon jemand bemerkt?«, fragte Emma, aus der die Fragen jetzt nur so heraussprudelten, nachdem sie einen Kaffee getrunken hatte und die Müdigkeit etwas verflogen war.

»Nein, bis jetzt noch nicht«, antwortete Tim. »Ich habe die Sprungprotokolle gelöscht. Theoretisch kann man das zwar sehen, dass etwas gelöscht worden ist, aber ich hoffe, dass niemand darüber stolpert. Lass ich auf mich zukommen.« Er nahm einen Schluck von seinem Bier. »Aber jetzt mal zu dir. Was ist vor fünf Jahrzehnten passiert? Was ist mit der zweiten Emma? Wo ist sie abgeblieben?«

Vor diesen Fragen hatte Emma sich am meisten gefürchtet. Natürlich hatte sie gewusst, dass das genau die Fragen waren, die Tim einfach stellen musste. Sie waren auch naheliegend. Aber die Beantwortung fiel ihr so unendlich schwer, da sie viele schmerzvolle Erinnerungen weckte. Erinnerungen an ihre Jugendzeit, an ihre Eltern, an Felix und Sarah. »Tja, wo soll ich da anfangen?«

»Ganz von vorne, Emma. Die Nacht ist lang.«

»Ja, die Nacht ist noch lang.« Sie bestellte noch einen Kaffee und eine Flasche Wasser. Emma erzählte alles von dem Moment an, als Sarah in ihrem Beisein die Nachricht der zweiten Emma auf ihre OTC-Watch bekommen hatte. Vom Auftauchen und Ableben des Cowboys, vom Polizeieinsatz in ihrem Haus und von der Nachricht, die sie schließlich von der zweiten Emma erhalten hatte und sie bis hierher führte – zweiundfünfzig Jahre später. »Und das ganz ohne Zeitreise«, wie sie noch lächelnd ergänzte.

»Wow! Was für eine Story!« Tim nahm einen großen Schluck aus seinem Bierglas. »Und was ist nach dieser Nachricht mit der zweiten Emma, die, die ich zurückgeschickt habe, passiert? Weißt du da was? Wurden sie und Felix gesund?«

»Also Felix war nie krank. Der Felix in der Zukunft hatte ja diese Progerie, mein Bruder nie. Die Nachricht, die mir die zweite Emma geschickt hatte, war sehr umfangreich. Sie hat mir alle Progerie-Symptome aufgelistet und ich habe die ersten Jahre sehr auf irgendwelche Anzeichen bei mir und Felix geachtet. Aber wir sind gesund geblieben.«

»Und die zweite Emma?«, fragte Tim hartnäckig weiter.

»Ich weiß es nicht genau, aber ich habe eine Vermutung.«

»Und?«

»Am nächsten Morgen, nach der Polizeiaktion, brachte mein Vater mich und Felix zur Schule. Wir kamen aber nicht sehr weit, da bei der Bushaltestelle bei uns um die Ecke ein Polizeiauto stand und die Straße blockierte. Mein Vater stieg aus und wollte eigentlich nur fragen, ob wir kurz durchfahren könnten. Der Polizist fragte ihn aber, ob er die Frau kennen würde, die tot an der Bushaltestelle saß. Ich sehe meinen Vater manchmal heute noch in meinen Träumen zu der Frau hingehen, sie kurz anblicken und dann kopfschüttelnd, mit versteinerter Miene dem Polizisten die Frage zu verneinen. Und seinen Kampf mit den Tränen, als er sich wieder zu uns ins Auto setzte.«

»Es war die zweite Emma, oder?«

»Ich vermutete es sofort, aber wegen Felix habe ich nichts gesagt. Immer wenn ich meinen Vater später darauf ansprach, ist er stets ausgewichen. Es hat ihn zu sehr mitgenommen. Erst auf seinem Sterbebett, das war vor fast siebzehn Jahren, hat er mir zu verstehen gegeben, dass es Emma war. Er hat es auch wieder nicht direkt gesagt, aber durch einige Bemerkungen und wie er mich anblickte, wusste ich es. Er ist nie darüber hinweggekommen.«

»Obwohl er doch eigentlich gar nichts dafürkonnte, oder?«

»Wie man es nimmt. Irgendwie musste es ja dazu gekommen sein, dass ich plötzlich in Indien auftauchte und dass ich und Felix krank geworden sind. Und das alles hat er dann auf seine Forschungsarbeit und seine vielen Jobwechsel zurückgeführt.«

»Und was habt ihr nach den Ereignissen gemacht?«

»Nichts! Mein Vater blieb bis zu seiner Rente an der Technischen Universität München. Allerdings hat er das Forschungsgebiet mehrfach gewechselt. Zeitreisen haben ihn von da an nicht mehr interessiert.«

»Aber es funktioniert doch, wenn auch mit schrecklichen Nebenwirkungen«, sagte Tim.

»Nein, tut es nicht. Mein Vater hat später einmal gesagt, durch die Entscheidung, nicht nach Südfrankreich, nach Grimadan, zu wechseln, hat sich der Lauf der Geschichte geändert. Er konnte also gar nicht die Zeitmaschinen dahingehend modifizieren, dass Zeitreisen möglich sind. Weder die in Grimadan noch die in Bangalore. Und auch wenn es verrückt klingt, die zweite Emma ist zwar aus der

Zukunft von jetzt aus zurückgereist, aber durch diese Reise hat sie meinen Vater davon abgebracht, die Maschinen für Menschen umzuprogrammieren. Du kannst also davon ausgehen, dass das nicht mehr passiert. Es sei denn, ihr kommt alleine darauf. Er hat sein Wissen mit ins Grab genommen.« Emma verdrückte eine Träne und trank einen Schluck.

»Aber es gab doch die eine Reise der zweiten Emma«, warf Tim ein, »die hat doch stattgefunden. Eigentlich hätte sie ja dann gar nicht stattfinden können, da ja in der Vergangenheit dein Vater dann doch nicht weitergeforscht hat.«

»Doch, diese eine Zeitreise hatte stattgefunden und auch die in Südfrankreich, ohne die wir ja gar nicht nach Indien gegangen wären. Aber danach war Schluss. Alles ziemlich verrückt…«, meinte Emma.

»Allerdings! Das bekannte Zeitparadoxon.« Tim spülte mit seinem Bier die letzten Restzweifel hinunter. »Und deine Mutter und Felix? Wie geht es ihnen?«

»Meine Mutter starb zwei Jahre nach meinem Vater und Felix, na ja, ist eben Felix. Er ist ja fünf Jahre jünger als ich und wir sehen uns regelmäßig. Ist aber noch der gleiche Kindskopf wie früher, obwohl er seit letztem Jahr Opa ist. Irgendwie wird er nie erwachsen.« Emma lachte seit längerer Zeit mal wieder. »Das macht aber auch nichts. Sein Spruch nach irgendwelchen Felix-Aktionen war immer: Das kann nur der Felix. Und so ist es bis heute geblieben.«

Tim lächelte. »Und was macht er beruflich? Entschuldige bitte, dass ich so neugierig bin. Ich kenne dich und deine Familie jetzt erst so kurz und stelle vielleicht zu viele Fragen…«

»Kein Problem. Er ist Schreiner mit einer eigenen Schreinerei. Obwohl er doch gefühlt seine ganze Kinder- und Jugendzeit mit einer OTC-Brille auf der Nase durchs Internet gesurft ist, hat er sich ein bodenständiges Handwerk herausgesucht.«

»Toll!«, sagte Tim, dem Emma aber ansah, dass er mit diesem Beruf wenig anfangen konnte. Da prallten Welten aufeinander. »Und du? Hast du Familie? Arbeitest du noch?«

»Keine Familie. Hat irgendwie nicht sollen sein. Habe einfach nicht den Richtigen getroffen. Aber egal, vielleicht klappt's ja noch.« Nachdenklich schaute sie die Hotelbar entlang, an der sie die letzten Gäste waren. »Beruflich habe ich schon einiges gemacht. Habe Journalistik studiert und dann bis letztes Jahr in verschiedenen Redaktionen gearbeitet. War aber mehr ein Hobby. Habe zu sehr das Leben genossen.« Emma zögerte kurz. Was soll's, dachte sie, erzähl ich es ihm eben doch. »Nachdem die Emma aus der Zukunft bei uns aufgetaucht war, hat sie mir nicht nur die Daten für dieses Treffen geschickt, sondern auch das hier in den Briefkasten geworfen.« Emma kramte in ihrer Tasche herum und zog dann einen Bügel heraus, der entfernt an einen Haarreif erinnerte. »Kennst du, oder?«

Tim schaute auf den Bügel in Emmas Hand. »Ich verstehe nicht ganz?«

»Das ist deiner«, sagte Emma und drehte YIH um. Auf der Innenseite war *Tim Muller* eingraviert.

»Warst du in meiner Wohnung?«

»Ich weiß noch nicht einmal, wo deine Wohnung ist, Tim.«

»Aber wie kommst du dann an das Teil?«

»Den hat mir die Emma aus der Zukunft gegeben, vor zweiundfünfzig Jahren.«

»Aber, wie…?« Ratlos blickte Tim Emma an.

»Ich weiß es auch nicht genau«, sagte Emma. »Ich vermute, Emma war mit in deiner Wohnung und hat ihn mitgehen lassen, bevor du sie wieder in der Zeit zurückgeschickt hast.«

»Ja, klar. Sie war mit in der Wohnung. Ich habe ihr die Zukunft gezeigt. Wir waren in Bangalore unterwegs, haben was gegessen und sind dann in meine Wohnung gegangen. Da hat sie das hier ausprobiert«, er hielt den Bügel hoch, »und sie war natürlich begeistert – wer ist das auch nicht.«

»Hat Felix übrigens auch«, sagte Emma. »Hat er sich letztes Jahr selbst zu Weihnachten geschenkt.«

»Okay. Ist ja nicht ganz billig, das Teil und die Gebühren.«

»Tja, das mit dem Geld ist so eine Sache«, sagte Emma geheimnisvoll. »Mit diesem Ding hier«, Emma zeigte auf YIH, »hat sich das Einkommen von Familie Laurent exponentiell gesteigert.« Emma blickte in das ungläubige Gesicht von Tim. »Ein paar Monate nachdem Emma bei uns aufgetaucht war, habe ich den Bügel meinem Vater gegeben und ihm auch gesagt, dass ich ihn nach dem

Polizeieinsatz aus dem Briefkasten geholt hatte. Ich habe ihm aber das Versprechen abgerungen, niemals Felix und meine Mutter einzuweihen, und daran hat er sich sein Leben lang gehalten. Es blieb immer unser Geheimnis, so wie es sein Geheimnis blieb, wer die Frau an der Bushaltestelle war.«

»Unglaublich! Und was hat dein Vater damit gemacht?«

»Na ja, er hat ihn zu Geld gemacht - zu sehr viel Geld.« Emma lächelte, als sie an den Tag dachte, an dem ihr Vater zum ersten Mal nach Hause kam und beim Abendessen davon berichtete, wie er für einen sechsstelligen Betrag ein Patent in die USA verkauft hatte. Das erste von insgesamt zweiundzwanzig. »Der Bügel hat uns im Laufe der Jahre Millionen gebracht und uns natürlich ein ruhiges, abgesichertes Leben ermöglicht.« Emma machte eine Pause, die Tim nur mit einem sehr nachdenklichen Blick begleitete.

»Ich glaube nicht, dass er ihm alle Geheimnisse entlocken konnte, aber vielleicht täusche ich mich auch. Allerdings musste er ihn mir zurückgeben, als er in Rente gegangen war, denn…«

»Denn eigentlich wolltest du ihn mir zurückgeben«, vervollständigte Tim den Satz.

Emma hob den Daumen. »Genau! Und hier ist er. Ich habe ihn all die Jahre gehütet wie meinen Augapfel.«

Tim drehte den Bügel in seiner Hand hin und her. »Und jetzt?«, fragte er. »Wie geht es jetzt weiter?«

»Also, wenn du fragst, ob ich wieder nach Deutschland zurückfliege – erst mal nicht. Ich will noch ein bisschen was sehen von der Welt, bevor ich zu alt zum Reisen bin.«

»Perfekt. Dann ist das hier in Indien ja ein guter Start«, meinte Tim.

»Ja, wirklich der perfekte Beginn.«

»Und wie lange bleibst du hier?«

»Hier in Bangalore oder in Indien?«

»Indien meinte ich.«

Emma überlegte. »Keine Ahnung! Wie lange braucht man, das ganze Land anzuschauen? Ein Jahr?«

»Weiß ich leider nicht«, antwortete Tim. »Bin noch nicht aus Bangalore rausgekommen.« Er zuckte mit den Schultern. »Und Felix?«, fragte Tim. »Willst du den nicht mehr so schnell sehen?«

»Doch klar! Den kann man nicht lange alleine lassen. Ab und zu muss ich schon bei ihm vorbeischauen und ihn von seinen Felix-Aktionen abhalten.« Emma lachte herzlich. »Denn wenn ich es nicht tue, macht's keiner!«